Oscuras ataduras

Compromiso Molotov: Libro 2

Anna Zaires

♠ Mozaika Publications ♠

Copyright © 2024 Anna Zaires
www.annazaires.com/book-series/espanol/

Publicado por Mozaika Publications, una marca de Mozaika LLC.
www.mozaikallc.com

Traducción de Scheherezade Surià Lopez

Portada de Alex McLaughlin

Fotografía por Regina Wamba
www.reginawamba.com

ISBN-13: 978-1-63142-944-6
Print ISBN-13: 978-1-63142-945-3

PRÓLOGO

25 años antes, Moscú

—«... Y fue entonces cuando el joven príncipe vio a la bella princesa».

Mamá hace una pausa en la lectura y yo me remuevo incómoda, con el trasero dolorido por el cinturón de papá. Me mira y se levanta para sentarse más recta contra las almohadas amontonadas. Su enorme barriga se mueve con ella, tan grande como la torre del libro que está leyendo.

Es tan grande que hasta yo podría caber ahí dentro, y ya tengo cinco años. O si no yo, mi hermano pequeño, Ruslan, que solo tiene tres.

—¿Quieres que deje de leer para que puedas ir a jugar? —me pregunta mamá suavemente mientras pongo la mano en esa enorme barriga con la esperanza de notar las pataditas de mi hermana. Últimamente lo hace mucho.

—No, sigue —le pido y me pego más a ella. Lleva en reposo absoluto desde hace mucho tiempo, desde que mi hermanita se le metió en el estómago y la enfermó. Como ya soy mayor, recuerdo una época en que las cosas eran distintas, cuando mamá nos bañaba y jugaba con nosotros, pero Ruslan no se acuerda. Él cree que siempre ha sido así, que mamá siempre ha sido esta persona inmóvil que puede besarnos y leernos libros, pero nada más.

Mamá sonríe y me rodea con su suave brazo mientras pasa la página.

—Muy bien, cariño, pues sigamos. —Su voz adquiere esa cadencia dramática que me encanta—. «La princesa vivía en una torre rodeada de dragones. Su padre, el rey, la había encerrado allí porque no era un buen hombre. No le importaba que la princesa no fuera feliz viviendo allí sola, así que cuando el joven príncipe vino a pedir su mano en matrimonio, el rey se negó. Dijo…».

—¿Por qué se negó? —la interrumpo. Ya se lo he preguntado antes; mamá me ha leído este cuento muchas veces, pero sigo queriendo oír su respuesta—. ¿Y por qué no era bueno o amable?

Lo que de verdad quiero saber es si el rey usaba el cinturón para castigar a la princesa, como hace papá conmigo y con Ruslan. Pero esa pregunta podría enfadar a mamá, y el médico ha dicho que no puede enfadarse o morirá. Por eso no le he dicho que papá me ha azotado hoy por romper el antiguo jarrón chino del salón. No le gusta que papá me pegue con el cinturón y tampoco le gusta que me porte mal. Esta vez no he tenido la culpa, pero no puedo decírselo sin que se entere papá. Ha sido Ruslan quien ha roto el jarrón, pero cuando papá nos lo ha preguntado con esa voz que da tanto miedo, mi hermanito se ha echado a llorar y yo le he dicho que había sido yo.

Yo soy mayor y más fuerte, así que el cinturón no me hace tanto daño.

—El rey se negó porque creía que el joven príncipe no era lo bastante bueno para su hija —responde mamá, con la misma respuesta de siempre—. En cuanto a por qué el rey no era bueno, bueno, cariño... algunos hombres no lo son. Nacen así, sin más.

«Como papá».

Quiero decirlo, pero podría molestar a mamá. No le gusta cuando alguien dice algo malo de él. Lo sé porque despidió a Kristen, nuestra niñera norteamericana, por decir que papá era «abusivo». No sé qué significa eso, pero debe de ser malo porque a mamá le gustaba que Kristen nos enseñara inglés, pero ahora Ruslan y yo no tenemos a nadie con quien hablar inglés, excepto con mis soldaditos de juguete, y ellos no lo hablan mejor que yo.

—¿Listo para continuar? —pregunta mamá, y yo asiento con impaciencia.

Este es mi cuento favorito, y aunque me sé todas las palabras y he aprendido a leerlo solo, me gusta más cómo lo cuenta ella.

Con un suspiro, sigue leyendo.

—«Él dijo: "No eres digno de mi hija. Si de verdad

quieres su mano en matrimonio, primero debes matar a todos los dragones que rodean su torre". El rey sabía que el joven príncipe no sería capaz de hacerlo. Había muchísimos dragones…». —Se detiene bruscamente y noto que se pone tiesa.

Preocupado, me incorporo para mirarla.

—¿Mamá?

Respira hondo y suelta el aire lentamente.

—Estoy bien. No pasa nada. Ven aquí. —Le da unos golpecitos a la manta y, cuando vuelvo a acurrucarme a su lado, continúa—: «Había muchísimos dragones, cada uno más temible que el anterior, y solo el hombre más valiente y fuerte sería capaz de luchar contra ellos… e incluso *él* acabará perdiendo».

—Pero el joven príncipe no perdió —digo, con una emoción desbordante. Sé cómo sigue la historia y me dan ganas de saltar sobre la cama. Pero no lo hago. El médico me ha dicho que si muevo demasiado a mamá, morirá y mi hermanita también.

Mamá vuelve a ponerse rígida y, cuando habla, su voz suena distinta. Tensa, como cuando no puedes hacer caca.

—No, no perdió. Le costó muchos años, pero… —Se queja e intenta recostarse un pelín contra las almohadas—. Cariño, por favor, llama a… ¡Ahhh!

Me aparto para mirarla. Tiene los ojos entornados y la cara de un blanco verdoso, torcida en una mueca mientras se aprieta el vientre enorme. De repente, me siento como cuando papá se enfada conmigo: mareado y tembloroso.

—¿Mamá? —tanteo con voz más aguda—. Mamá, ¿te vas a morir?

Aprieta los dientes y abre los ojos. Su voz sigue siendo extraña, tensa.

—No, no, cariño. Ve a buscar a papá, por favor. Creo… creo que ha llegado la hora.

Corro hacia el borde de la cama, pero la manta se me enreda en las piernas y me frena. Tiro de ella con frustración y se la quito parcialmente a mamá. Con la mano toco algo húmedo. «Qué asco. Se ha hecho pis encima». Pero cuando levanto la palma de la mano, sale de color rosa y rojo. Rojo como la sangre. Salto de la cama, con el corazón como una polilla en un frasco, aleteando sin parar y presa del pánico.

«Papá. Necesito a papá».

Mamá vuelve a gritar y le echo una mirada frenética por encima del hombro mientras corro hacia la puerta. Sigue agarrándose el estómago, con la cara contraída por el dolor.

«No te mueras, mamá. Por favor, no te mueras».

Salgo corriendo del dormitorio y echo a correr por el pasillo, llamando a papá a pleno pulmón. Los sollozos amenazan con desgarrarme la garganta, pero los contengo porque papá me castiga cuando lloro. También me castiga cuando entro en su despacho sin llamar, así que golpeo con el puño la puerta cerrada, intentando no pensar en las punzadas de dolor que me suben por el brazo.

Solo puedo pensar que mamá podría estar muriendo.

—¡Ahora no! Estoy ocupado. —La voz de papá es ronca, parece enfadado. Normalmente, eso me acobardaría y esperaría para acercarme a él en otro momento, pero esto no puede esperar.

—Es mamá —grito, golpeando más fuerte—. Me ha dicho que te avise. ¡Su cama está mojada y roja!

La puerta cede tan rápido que pierdo el equilibrio y acabo dentro del despacho. Ahí están papá y una mujer rubia que no conozco. Ella está desnuda, inclinada sobre su escritorio, con la piel pálida llena de verdugones rosados como los que me salen a mí después de que me pegue.

Durante un segundo, no puedo dejar de mirarla desde donde he aterrizado en el suelo. Está claro que papá la ha castigado, pero ¿por qué? ¿Quién es esta mujer? ¿Por qué está desnuda? A mí me pega a través de mi ropa. Además, ¿por qué lleva papá los pantalones desabrochados?

Entonces me acuerdo de mamá y el pánico vuelve a invadirme. Me pongo en pie de un salto cuando papá suelta una palabrota y se abrocha la cremallera de los pantalones, luego me empuja y corre por el pasillo hacia el dormitorio.

Dedico a la mujer desnuda otra mirada rapidísima —ahora está de pie, con la cara enrojecida— y corro detrás de papá. Llego al dormitorio justo cuando levanta a mamá de la cama. Tiene los ojos cerrados y se agarra la enorme barriga con ambas manos, como si temiera que se le fuera a caer. Sobre la cama, la manta se ha teñido de ese horrible color rojo, al igual que la parte inferior de su camisón blanco.

—¿Mamá?

Ella gime en respuesta. Sin hacerme ni caso, papá la saca del dormitorio, llamando a gritos a nuestro chófer.

Corro tras ellos. Vuelvo a notar en el corazón ese aleteo frenético como de polilla y me cuesta respirar mientras los sollozos se me amontonan en la garganta y me ahogan.

«No llores. A papá no le gusta que llores».

Mamá suelta un gemido agónico. Papá maldice y acelera el paso. En unos segundos cruza la puerta principal, sin molestarse siquiera en ponerse la chaqueta. Salgo corriendo al pasillo tras él, pero ya ha desaparecido en el ascensor.

Lo último que veo al cerrarse las puertas es la cara gris verdosa de mamá, retorcida de dolor mientras grita una y otra vez.

————

MAMÁ NO VUELVE A CASA AQUELLA NOCHE. TAMPOCO papá. Me tumbo en mi cama en forma de coche de carreras y me leo el cuento de la princesa una y otra vez. Jeanette, nuestra nueva niñera francesa, viene a ver cómo estoy, pero antes de que asome la cabeza, apago la lámpara, me tapo con la manta y me hago el dormido. Cierra la puerta en silencio y se va de puntillas.

En cuanto se va, vuelvo a encender la lámpara y

reanudo la lectura. Es mi cuento favorito porque, al final, el joven príncipe mata a todos los dragones. Le cuesta años, pero consigue la mano de la bella princesa y, lo mejor de todo, su amor.

Algún día, yo también conoceré a una bella princesa, y cuando lo haga, no pararé hasta matar a todos los dragones que nos separen.

Me duermo sollozando, pero papá no está allí para verme, así que no puede castigarme. Por la mañana, Ruslan se mete en mi cama, pregunta por mamá y yo le digo que ha muerto. Sé lo que es la muerte porque, cuando era un poquito mayor que Ruslan, papá me llevó a una granja y me hizo matar una gallina. Le corté el cuello con un cuchillo mientras graznaba y batía las alas para escapar. Aquella vez había mucha sangre roja, como en la cama de mamá, y la gallina no volvió a moverse. La cocinamos y nos la comimos.

No creo que papá vaya a cocinar y a comerse a mamá, pero sí creo que ahora debe de estar como esa gallina, inmóvil y sin vida, con un charco de sangre roja a su alrededor. Papá dijo que eso podía ocurrir cuando mi hermanita saliera de su vientre, y ayer, antes de irme a la cama, oí por casualidad a Jeannette hablando con nuestra cocinera sobre lo que había pasado: algo sobre un desprendimiento de placenta, que mamá había perdido demasiada sangre durante una cesárea de urgencia y que el bebé tenía que quedarse en el hospital hasta después del funeral.

Le explico todo esto a Ruslan y se echa a llorar. Yo también quiero llorar, pero me trago los sollozos ardientes que me suben por la garganta. Agarro el libro, lo abro por la primera página y empiezo a leerle a mi hermano, intentando parecerme lo más posible a mamá, aunque se me quiebra la voz.

Al final, Ruslan deja de llorar y se duerme, pero yo sigo leyendo, mis labios se mueven sin hacer ruido, dando forma a esas palabras que tan bien conozco. Leo hasta que la sensación de ahogo y ardor en la garganta desaparece y los gritos de mamá ya no resuenan en mis oídos. Hasta que la imagen de ella, tan inmóvil y sin vida como aquella gallina, es reemplazada por la imagen del libro: la ilustración de la hermosa princesa de pelo negro.

Una princesa cuyo amor me ganaré algún día, cueste lo que cueste.

CAPÍTULO 1

ALINA

Por segundo día consecutivo, me despierto con los intensos rayos de sol y el sonido de las olas. Esta vez sí que sé dónde estoy: en el yate de Alexei, en algún lugar del océano. No sé en qué océano, pero ahora tengo la mente más despejada y puedo hacer algunas suposiciones. Alexei me raptó en el complejo de mi hermano en la montaña, en Idaho, la zona oeste de Estados Unidos. Por tanto, a no ser que sobrevolase drogada todo el continente norteamericano, esto debe de ser el Pacífico.

Giro la cabeza con cautela. Estoy sola en la cama, pero la almohada que tengo al lado tiene la marca de la cabeza de Alexei, y su olor se ha quedado prendido en las sábanas. Huele a pino con algo de cuero y el toque salado propio del mar, junto con ese aroma masculino tan suyo.

Es un olor que ya me es muy familiar.

Me invaden los recuerdos de ayer y el calor comienza a apoderarse de mi cuerpo. Como un resorte, me incorporo con la manta por encima del pecho desnudo. De inmediato siento un dolor profundo en la parte interior de los muslos, como si hubiera participado en una competición de atletismo o algo así. Me toco la cabeza por instinto. Aún tengo húmedo el pelo por la ducha de anoche. Alexei no me dejó tiempo para secármelo; me llevó a la cama directamente y me envolvió con su cuerpo, grande y musculoso, instantes antes de quedarse dormido. Yo me quedé con la mirada perdida en la oscuridad, porque estaba demasiado cansada para procesar sus intenciones tan horribles, pero también demasiado excitada para dormirme.

Al menos anoche no me folló una cuarta vez. Tengo que agradecer esas pequeñas muestras de piedad.

Me levanto de la cama con cuidado, me pongo la bata y voy al baño. Se me acelera el pulso y desaparece el entumecimiento de la noche anterior. Empiezo mi rutina mañanera y pongo el piloto automático: me ducho, me cepillo los dientes, me seco el pelo y me maquillo. En ningún momento dejo de pensar en lo que mi secuestrador me dijo anoche.

Un niño: eso es lo que quiere de mí. Un niño para reemplazar a Slava, el hijo que Nikolai, sin saberlo, engendró con Ksenia, la hermana de Alexei recientemente fallecida. El niño que mi hermano le arrebató. Anoche, Alexei me folló tres veces sin preservativo, y pretende seguir haciéndolo una y otra vez hasta que lo consiga y pueda tenerme atada a él con la cadena más irrompible que existe: un lazo de sangre.

Es un plan cruel y del todo maquiavélico; es justo el tipo de plan que se puede esperar de Alexei Leonov, quien manipuló a mi padre para pactar nuestro compromiso cuando yo tenía apenas quince años.

Eso fue otra cosa de la que me enteré anoche: Alexei fue el único responsable de aquel pacto medieval, y no nuestros padres, como había creído durante todos estos años. No era una víctima de la codicia y el ansia de alianza de nuestros padres, ni un chico de diecinueve años movido por los deseos de su familia, sino el verdadero cerebro que había detrás de todo el plan, un titiritero que movía los hilos a su antojo. Si mi padre no hubiera accedido a los esponsales, Alexei me habría capturado y arrebatado de mi familia, y me habría encerrado como a una princesa en una torre, esperando hasta que fuera «lo bastante mayor».

Su obsesión conmigo va más allá de lo que podría imaginar, y sé que mantendrá su palabra de forzarme hasta que tenga un hijo suyo. Al fin y al cabo, él mismo mataba a cualquier chico u hombre que me echase el ojo siquiera.

Cuando acabo mi rutina, observo mi reflejo en el espejo y veo un rostro frío y sereno. He logrado tapar con maquillaje la irritación que me ha dejado su barbita en la mandíbula y en el cuello. Todavía tengo los labios hinchados por sus besos agresivos, pero he conseguido disimularlo con mi característico pintalabios rojo, y ahora parece que un cirujano me haya puesto relleno.

Mi cara parece la misma de siempre, aunque sienta mi cuerpo como el de una desconocida.

No me habría sorprendido que Alexei estuviera en el camarote esperándome como ayer, pero, al salir, el cuarto está vacío. Con un sentimiento de profundo agradecimiento, voy corriendo al armario y me visto. Escojo uno de los muchos vestidos de cóctel que me ha regalado. También hay ropa más casual y cómoda, como pantalones cortos, camisetas, o vestidos veraniegos de algodón, pero no tengo la intención de ponerme cómoda aquí, con él.

Como broche final, me pongo unos tacones de diseño con tiras… y ya no sé qué más hacer. ¿Me quedo aquí hasta que aparezca o salgo y adelanto la inevitable discusión?

La barriga me empieza a gruñir y toma la decisión por mí. No tengo ni idea de la hora que es, pero la última vez que comí —escasos bocados del festín que nos preparó Vika, la cocinera de Alexei— fue ayer, bastante antes de que se pusiera el sol. No sé si fue un almuerzo o una especie de cena temprana, pero me muero de hambre. Puedo notar ya la presión en la sien por el dolor de cabeza. En mi caso es más probable que se deba al estrés que al hambre, aunque, de cualquier manera, desayunar algo sólido no me irá mal.

Al salir del camarote me dirijo a las escaleras y me doy cuenta de que estoy pensando en comer para no darle vueltas al dolor punzante que siento en el estómago al saber que estaré atada a Alexei toda la vida.

No, no es hambre lo que me corroe por dentro.

Es miedo.

Se van alterando el miedo y el pavor, junto con una creciente desesperación.

He huido de mi destino durante más de una década con la esperanza de poder escapar, pero ha logrado alcanzarme. Alexei ha logrado alcanzarme, y ya no tengo ninguna posibilidad de escapar. Estoy en un barco en mitad del océano con un monstruo cuyo único objetivo en la vida ha sido tenerme... y ahora me tiene.

«Para. Piensa en comida. Piensa solo en comida».

La luz del sol me ciega al salir a cubierta. Hace un día precioso, cálido y con una ligera brisa. Después de la tormenta de ayer, el aire parece más ligero y fresco, y el cielo vuelve a ser azul brillante.

No hay nadie en la cubierta ni a la vista. Estoy decepcionada y, a la vez, aliviada, porque la pelea para la que me he estado preparando se ha pospuesto.

Vuelve a gruñirme la barriga en busca de algún sustento, pero decido no hacerle caso. Estoy segura de que la cocina está en la proa, pero no me siento preparada para ir allí aún. En lugar de eso, me acerco a la barandilla y miro a lo lejos, en un intento de averiguar si hay algo ahí fuera o si es mi imaginación que me juega una mala pasada.

Si hay un mínimo indicio de tierra a la vista, me sumergiré en el agua, y me dará igual si hay tiburones o mis pocas habilidades de nado. Pero no hay nada; solo se ve agua, que se extiende hasta el horizonte. Aun así, me quedo mirando por la barandilla, con el deseo de...

—¿Qué cojones estás haciendo?

Es la voz de mi captor, profunda, grave y llena de furia. Me clava los dedos en el hombro y hace que me gire hacia él. Es la segunda vez que Alexei Leonov me salva de caerme —esta vez, por la borda— agarrándome ambos brazos.

Con la respiración entrecortada le miro fijamente el rostro, oscuro como la noche, y siento cómo un fuego viaja por mis venas hasta mis entrañas. Me mira con el ceño fruncido, con sus ojos casi negros entrecerrados, y solo puedo pensar en lo que me hizo ayer: aquella mezcla sublime de dolor y éxtasis que brotaba de mi cuerpo una y otra vez.

—¿Ibas a saltar? —me pregunta con tono severo mientras me agarra tanto que duele. En ese momento me doy cuenta de lo que ha pensado al verme, de lo que temía.

No es un temor infundado del todo: hace seis años, en esos meses oscuros tras la muerte de mis padres, habría saltado, incluso sin ver tierra a lo lejos.

Lo que antes solo era una idea pasa a la realidad, y, antes de pensarlo mejor, levanto la cabeza y le pregunto con frialdad:

—¿Qué pasaría si saltara?

Quizá, solo quizá, si piensa que soy una suicida, podría...

—Te encerraría en el camarote o, mejor aún, te encadenaría a la cama.

No me llega el aire a los pulmones.

No es un farol.

Lo haría.

Si le presiono, me privará de la poca libertad que me queda.

Es como si alcanzara a notar en la boca el amargor de la derrota. Me detengo a mirar su cuello bronceado y me fijo en el trozo de tatuaje que se le ve saliendo del cuello de la camiseta.

—No iba a saltar —digo en voz baja—. No tienes por qué preocuparte. No voy a suicidarme.

No a propósito, al menos. Voy a echarme a nadar si se me presenta la oportunidad, pero no voy a saltar a una muerte segura solo para escapar de él.

Se le suaviza la voz.

—Alinyonok… —Me suelta los brazos y me levanta la barbilla hasta que nuestras miradas se encuentran de nuevo—. ¿Por qué no le das una oportunidad a esto…, a nosotros? No quiero hacerte daño, sino todo lo contrario. Eres todo lo que he soñado durante mucho tiempo, y sé que tú también me quieres, aunque te digas a ti misma lo contrario. Deja de luchar y te enseñaré lo bien que puede irnos. ¿O es eso precisamente lo que te asusta? Que lo nuestro pueda ir bien y darte cuenta de todos los años que hemos desperdiciado por no estar juntos.

Le miro con atención, y siento con dolor cómo el corazón me late contra las costillas. Sus palabras, con ese tono suave y persuasivo, llegan a mis oídos y me seducen, a pesar de su demencia, de su delirio.

Lo nuestro no irá bien. Va a ser un desastre, como el matrimonio de mis padres y toda nuestra relación hasta ahora. Cuando estamos juntos no hay más que toxicidad; solo hay que ver todos los cadáveres que hemos dejado en el camino.

—Alinyonok, bella mía... —suaviza el tono aún más, y sus ojos oscuros se vuelven brillantes y cálidos, de una manera que me inquieta—. Sabes que lo que digo es verdad.

Me acerca la cabeza, y tengo que sacar mucha fuerza de voluntad para quitarle la mano de un manotazo y girarle la cara antes de que me dé un beso. No puedo evitarlo del todo, y sus labios, cálidos y suaves, me rozan la oreja y me generan un escalofrío tan erótico que me eriza la piel.

Incluso ahora que conozco sus intenciones, no puedo evitar que mi cuerpo reaccione a esa fuerza instintiva y animal que nos une.

Noto el latido de mi corazón y me empieza a arder la cara. Doy un paso atrás, y otro, y otro. No me lo impide. Su boca se curva, y le sale esa sonrisa oscura y sardónica mientras observa cómo me retiro, con una paciencia que recuerda a la de los depredadores que saben que su presa no puede huir.

La diferencia es que yo sí puedo huir. Me doy la vuelta y voy con decisión donde creo que está la cocina. Giro la cabeza y añado:

—Necesito desayunar.

Si hay algo que sé con seguridad es que Alexei no pretende matarme de hambre. Incluso ayer, cuando estaba desnuda entre sus brazos, supo contener su lascivia para dejarme comer. Hoy está saciado de sexo, o debería, teniendo en cuenta todas las veces que me folló ayer. Aunque si es verdad lo que me dijo y no se ha acostado con nadie desde nuestros esponsales, puede que los tres encuentros que hemos tenido solo hayan hecho que se le abra más el apetito.

Un escalofrío me invade al pensarlo.

Me alcanza con sus grandes zancadas y me dice:

—Claro, vamos a desayunar. Aunque no estoy seguro de que debamos irrumpir en el área de Vika. Tiende a ser territorial.

—Vaya. —Me detengo. Por lo que he podido deducir de esa mujer morena y bajita, parece simpática.

—La cocina es su espacio. Solo puede entrar Larson.

Su tono es serio, incluso cuando se le ve diversión en los ojos. Estoy bastante segura de que me toma el pelo, pero, por si acaso, le digo:

—Vale. Entonces, ¿cómo consigo comida?

—Tú me la pides y yo me encargo.

Se mete la mano en el bolsillo, saca un teléfono y escribe un mensaje con rapidez. Miro atentamente el aparato, que emite un sonido al bloquearlo, y se me acelera el corazón.

Un teléfono. Un modo de contactar con el mundo exterior. Claro que tiene teléfono, al igual que su gente. Eso significa que hay muchos dispositivos en el barco y, por tanto, muchas oportunidades para poder coger uno el tiempo suficiente para contactar con mis hermanos...

Me detengo de golpe. ¿Y decirles qué? ¿Que estoy en aguas desconocidas en un yate sin nombre? No es suficiente información para que me encuentren, ni siquiera con el equipo de *hackers* de Konstantin. Además, ¿de verdad quiero que me encuentren? Antes de que Alexei me secuestrara le dije muy en serio a Nikolai que no me buscase, porque no quería que se derramara más sangre en mi nombre. Aún lo mantengo, aunque las intenciones de Alexei no sean para nada las que imaginaba, sino mucho peores. No quiero que mis hermanos luchen, ni mucho menos que mueran por mí. «Y tampoco quiero que maten a Alexei». En cuanto me vienen estos pensamientos, los aparto y no profundizo más en ellos. Además, no hay mucho que profundizar.

No quiero que nadie mate ni muera por mí. Ya está. Eso significa que no puedo hacer que mis hermanos me rescaten, sobre todo si eso implica que Alexei vaya a por el hijo de Nikolai de nuevo. De hecho, ahora, pensando con más claridad, me doy cuenta de que no podría huir ni aunque se me presentase la oportunidad.

Hace un par de días hice un trato con Alexei. Le prometí que estaría con él y respetaría nuestro compromiso con la condición de que retirara a sus hombres y dejara a Slava vivir en paz con Nikolai y su nueva mujer. No tenía muchas más opciones cuando hice el trato, pero eso no quita que diese mi palabra... y que las consecuencias de incumplirla fueran terribles.

Solo hay una manera de seguir adelante, de controlar mi destino.

Aparto los ojos del teléfono de Alexei y me encuentro con su mirada, fría y divertida.

—Entonces —digo con calma, aunque con el estómago revuelto—, ¿está todo preparado para la boda? Me gustaría que fuese hoy.

CAPÍTULO 2

ALEXEI

Se me acelera el pulso, pero mis diez años de experiencia negociando tratos con rivales implacables me permite esconder la impresión. ¿Quiere casarse conmigo? ¿Ahora? ¿Hoy?

Pero no, cuando la miro con mayor profundidad en esos ojos color jade, veo que lo dice en serio.

Mi Alinyonok no ha cambiado de opinión y me ha aceptado. Al contrario, es una nueva estrategia, una manera de incumplir nuestro trato, aunque lo respete sobre el papel. La boda no significará nada. En cuanto digamos nuestros votos, buscará una manera de escapar.

Me río, sueno firme y frío hasta para mí. No hay nada gracioso en este tema, pero reírme es mejor que la otra opción: agarrarla y usar la boca para quitarle ese pintalabios rojo antes de tumbarla en la madera firme de la cubierta y follármela aquí y ahora, a la vista de todo el mundo. Se resistiría si lo hiciese. Se resistiría, pero me daría igual. Ahora que me pertenece, ahora que la he probado, quiero más. Más de su sabor, de su piel, de su olor a azahar dulce. Más de ese coño apretado y mojado que me envuelve la polla, que la aprieta y la exprime en medio del orgasmo.

He vivido con este deseo intenso durante más de diez años, pero ahora es mucho más fuerte, casi insoportable.

Al oírme reír, retrocede y se le encienden los ojos antes de levantar la barbilla de esa manera desafiante que tiene. No sabe esconder sus sentimientos como yo. O, al menos, no de mí. Quizás para otros, Alina Molotova parece misteriosa y distante, una princesa de la alta sociedad cuya existencia los meros mortales no llegan a comprender, pero para mí, es un libro abierto. Conozco lo frágil que es detrás de esa preciosa y arrogante fachada, cómo de volátiles son sus sentimientos.

Si me dejara, la protegería de todos y de todo, incluso hasta de ella misma. Pero primero, tengo que abrirle los ojos y destruir esa ilusión de que no necesita a nadie, porque sí lo necesita.

Ella me necesita a mí y haré que se dé cuenta, aunque tarde diez años más.

—¿Y por qué no? —digo alzando la ceja—. Celebraremos la boda después de desayunar.

Se pone pálida. La manera en que su piel de porcelana se emblanquece incluso más y se tensa su esbelto cuello, es casi imperceptible, pero yo lo veo, veo todo de ella. Quiere desestabilizarme, pillarme con el paso cambiado, pero ha escogido la peor manera de hacerlo. Me encantaría casarme hoy con ella, aquí mismo, en el yate. Una boda con muchos invitados está descartada, teniendo en cuenta lo que su familia piensa sobre la mía... y las ganas que tiene mi padre de una gran ceremonia.

Habría sido su última victoria, su oportunidad final para mostrar nuestro poder y riqueza antes de que el cáncer que le ha destrozado el páncreas le consuma por completo.

Es una oportunidad que me alegro de negarle.

—¿Después de desayunar? —pregunta Alina con la voz entrecortada y yo asiento con una sonrisa sarcástica.

No pensaba casarme tan rápido, pero eso no significa que no aprecie las ventajas.

—Tienes varios vestidos blancos en el armario —le digo mientras me clava la mirada, sus ojos felinos se llenan de una confusión que no alcanza a esconder—, puedes ponerte uno de esos.

Resopla, recuperando la compostura.

—¿Y tú llevarás eso? —Señala mi ropa casual.

—También me cambiaré, no te preocupes. —Al igual que ella, yo también tengo un armario lleno de ropa para cada ocasión.

—Me da igual lo que lleves —me dice tajante—, no pienso ir de blanco. No es ese tipo de boda.

—¿No? ¿Y qué tipo de boda te crees que es? —Acorto la pequeña distancia entre nosotros y le agarro la mandíbula—. Hasta ayer eras virgen, así que el blanco es perfecto, ¿no crees, preciosa?

Se sonroja y sus mejillas se vuelven de un rosa precioso mientras me golpea la mano.

—Esta boda es una farsa y lo sabes.

—No sé de qué me hablas.

—Bueno, pues yo sí. —Me mira desafiante y se aleja—. No voy a llevar blanco. Puede que negro.

—Como prefieras.

La verdad que me da igual lo que lleve puesto. La prefiero como anoche, desnuda y cálida en mis brazos. Así es como la tendría todo el tiempo si estuviésemos solos en el barco, incluso en el día de nuestra boda.

Me giro para ir a la mesa que está debajo del saliente de la proa donde espero a que Vika nos sirva el desayuno en cualquier minuto, cuando Alina grita:

—¡Espera!

La miro, curioso por cuál va a ser su próxima estratagema. Me mira de forma especulativa.

—Quizá podría ir de blanco… —Se le va apagando la voz.

Allá vamos.

—¿A cambio de…?

—Que no me toques durante al menos una semana.

Sus palabras se me clavan como agujas, pese a que me las medio esperaba. Aunque sé que no lo dice en serio. O al menos, no su cuerpo. Le atraigo, siempre ha sido así, es su mente la que nos obstaculiza el camino.

—Ni de puta broma —lo digo en serio. He esperado

25

más de diez años para poseerla y ahora que la tengo, no pienso desperdiciar ni una sola noche.

Se muerde los labios.

—¿Cinco días?

—No.

—¿Tres?

Ahora soy yo quien se burla.

—No.

Empieza a desesperarse.

—¿Dos? Por favor, me duele mucho.

Mierda. Seguro que le duele, no fui precisamente suave anoche. Me controlé lo mejor que pude, pero en cuanto estuve dentro de ella, ese autocontrol que había trabajado a lo largo de los años estalló como una bomba.

—Un día —digo sombrío—. Hoy no te follaré, pero ya está. —Pero le haré otras cosas. No pienso pasar nuestra noche de bodas sin disfrutar de ella de alguna manera.

Parece en conflicto, pero entonces echa los hombros hacia atrás y asiente con determinación.

—Hecho. Me vestiré de blanco y tú mantendrás tus manos lejos de mí.

Mi pobre y dulce Alinyonok. Piensa que ha ganado esta ronda. Dejo que siga pensándolo mientras vamos juntos a la mesa. Vika sale de la cocina en el momento justo empujando un carrito. Están todos los desayunos que se pueda imaginar, aunque le dije a Vika que por la mañana, Alina prefiere los platos típicos de Rusia como el *grechka*, el trigo sarraceno asado. Sin embargo, la cocinera debe de estar aburrida y querrá enseñarle sus habilidades.

Aparto una silla para Alina y se sienta con elegancia, sujetándose la falda por debajo con un movimiento delicado y fluido. El vestido que ha elegido esta mañana es de color verde esmeralda y hace juego con sus ojos. Tiene un cuello *halter* y es de una especie de tela suelta y transparente que esconde sus esbeltas curvas, pero deja ver sus piernas largas y tonificadas y sus hombros delicados, que se están poniendo un poco rojos.

Me siento, saco el móvil y le escribo a Larson para que nos traiga protector solar. Mientras tanto, Vika coloca cada uno de los platos sobre la mesa que van acompañados con sonidos de admiración de Alina, en un claro ejemplo de halagar a la cocinera.

—No funcionará, ¿sabes? —digo después de que Vika vuelva a llevarse el carrito a la cocina—. Es muy leal a mi familia y a mí.

Alina abre mucho los ojos con aire ingenuo.

—No estaba...

—Claro que sí.

A pesar de su promesa, sigue intentando encontrar la manera de escapar y no lo permitiré. Pongo las manos sobre la mesa, me inclino y sosteniéndole la mirada, le digo bajito:

—Solo para que lo sepas, si consigues ganarte a alguien de mis empleados, estarás firmando su sentencia muerte.

Se pone blanca.

Me reclino y cojo la tetera que Vika ha dejado en el centro de la mesa. No quiero que mi relación con Alina sea todo tratos y amenazas, pero tiene que entender que el juego ha cambiado. Le he dado todo el tiempo que puedo; demasiado tiempo. Debí reclamarla el día de su decimoctavo cumpleaños, como tenía previsto desde un principio, pero estaba tan enferma y triste la noche de su fiesta que, en contra mis instintos, le di seis meses más.

Seis meses que se convirtieron en siete años horribles.

No, no quiero amenazarla para que me obedezca, pero lo haré. Haré lo que sea para asegurarme de que nunca huya de mí.

—¿Té? —pregunto calmado levantando la tetera.

Asiente levemente, mirando hacia el plato. Le lleno la taza del líquido caliente antes de servirme yo un café. No le echo leche ni azúcar porque me gusta así, igual que ella con su té, fuerte y negro, nada más.

—¿Qué quieres comer? —le pregunto señalando toda la comida que tenemos delante. Hay de todo, desde varios tipos de pescado ahumado, gachas de avena y fruta hasta platos al más puro estilo americano con huevos, beicon y tortitas.

Ignorándome, Alina coge el cazo de *grechka* y se lo sirve en el cuenco antes de acompañarlo con fruta y regarlo todo con miel.

Sé que se comporta así para cabrearme, pero me divierte. Mi Alinyonok es tan predecible, un auténtico animal de costumbres. A pesar de que apenas pasamos tiempo juntos, sé lo que le gusta y lo que no, la conozco como a la palma de mi mano. Sé cuál es su marca favorita de champú y cómo toma el té, quiénes son sus amigos y cuáles son sus películas favoritas. Durante años, la he observado y he devorado los informes que escribían sobre ella, sabiendo que algún día, terminaríamos exactamente como estamos ahora, juntos, comiendo antes de nuestra boda.

Claro que no sabía que tendría que ejecutar un ataque de grado militar al complejo de su hermano para llegar hasta aquí, pero… vaya, así es la vida.

Veo a Larson, alto y delgado, por el rabillo del ojo. Como de costumbre, lleva puesto su uniforme blanco y azul de capitán y camina a paso ligero, unos pasos seguros de un hombre que se ha pasado casi toda su vida en el mar. En su juventud, sirvió en la Marina de Estados Unidos, pero el destino lo mandó a Rusia y a formar parte de mi servicio.

—El protector solar que me pidió, señor —dijo dándome el bote. Se gira hacia Alina e inclina la gorra para saludarla.

Ella le devuelve una sonrisa amable.

—Capitán Larson.

Es mucho más distante con él que con Vika. Está claro que ha aprendido la lección.

—Gracias —le digo a Larson mientras abro el bote y me echo una generosa cantidad de crema en la mano—. Por cierto, la boda se hará esta mañana, dentro de una hora. La oficiará usted. Haga lo que sea menester para prepararlo todo.

Abre los ojos un poco, pero dice sin perder ni un segundo:

—Será todo un honor, señor.

Se va y vuelvo a prestar mi atención a Alina.

—Te estás quemando los hombros. —Me levanto y rodeo la mesa—. Debes llevar cuidado. El sol puede ser despiadado si tu piel no está acostumbrada.

Pestañea.

—Ah, estoy bien. No…

—Recógete el pelo. No quiero manchártelo de crema.

—Puedo hacerlo sola.

—Que te recojas el pelo.

Me lanza una mirada desafiante, pero me obedece recogiéndose la melena negra y densa con ambas manos a unos pocos centímetros por encima del cuello, mientras dejo el bote en la mesa y me unto la crema en las manos. Aunque solo han pasado unas horas desde que la he tocado por todo el cuerpo, mis latidos se aceleran y se me pone dura la polla al pasarle las manos por los hombros y sentir su piel caliente y suave. Permanece sentada con rigidez mientras le extiendo la crema por los hombros y por la parte alta de la espalda, asegurándome de cubrir hasta el último centímetro. Cuando no tengo más protector solar, me echo un poco más y se lo aplico en los brazos y en el dorso de las manos.

Sus manos elegantes y bonitas con las uñas pintadas de un rojo intenso hacen que mis manos, grandes, ásperas y oscuras por el sol, parezcan las de una bestia.

—Ya está, es suficiente —dice con voz entrecortada cuando voy a coger otra vez el bote, pero no le hago ni caso.

Esta piel de porcelana no se va a quemar mientras pueda impedirlo.

Traga saliva cuando, tras echarme un poco de crema en la mano, se la echo con suavidad en la cara.

—Me estás estropeando el maquillaje —susurra mirándome con dificultad a través de sus pestañas largas mientras le pongo crema alrededor de los labios pintados de rojo con esmero.

Lo dice quejándose, pero sonrío. Le estoy estropeando el maquillaje, y me gusta. Hay algo de satisfacción perversa en arruinar esa perfección, en perturbar ese disfraz que esconde su verdadera belleza

Quizás debería quitarle todo el maquillaje. No le gustará, pero a mí sí. Será lo más parecido a tenerla desnuda.

Su vestido tiene el cuello alto, por lo que no se le ve el pecho, muy a mi pesar. Sin embargo, sus piernas… me agacho frente a ella y le aplico crema en los pies, esquivando las tiras de las sandalias de tacón alto antes de pasarle las manos por los músculos lisos de los gemelos y por los elegantes huesos de sus rodillas. Al principio, es firme y rígida, pero a medida que desplazo las manos por sus muslos, siento cómo se estremece y cómo se le entrecorta la respiración. Mis manos están algo temblorosas. La lujuria me consume, me nubla la mente y me acelera la respiración, además de ponérmela dura hasta tal punto que me duele.

La deseo. Quiero separar esas piernas suaves y esbeltas y meter mi cabeza entre ellas, para hacerle gritar mi nombre cuando se corra, después ponerla sobre la mesa y sentir su calor húmedo envolviéndome, dándome la bienvenida a su cuerpo como lo harán algún día su mente y su corazón.

Pero no. Larson o Vika podrían venir en cualquier momento y, además, tiene hambre. Lo que quiero hacerle —menos lo de follar— tendrá que esperar hasta después del desayuno y la boda.

Mientras aprieto los dientes, me levanto y vuelvo a mi asiento, donde me quito minuciosamente la crema de las manos e intento no mirarla por miedo a perder el control.

Lo intento y fallo. Mi mirada sigue yendo hacia ella; miro cómo se toca debajo de los ojos con cuidado, para comprobar si le he emborronado la máscara de pestañas. No ha sido así, aunque sí le he quitado parte de la base de maquillaje y cualquier otra mierda que se hubiese puesto en la cara; aun así, sigue preocupada. Le ha pillado por sorpresa, y me doy cuenta mientras la veo tratando de extenderse el protector solar de manera uniforme por las mejillas y la mandíbula para mezclarlo con lo que le queda de maquillaje.

A mi Alinyonok no le gusta verse imperfecta delante de mí, o más bien, de nadie.

Me guardo esa información y la añado al arsenal de información que tengo sobre ella. Es un arsenal incompleto y basado en observaciones remotas y no de primera mano. Aunque siento que la conozco y la entiendo, la realidad es que hemos tenido pocas interacciones cara a cara a lo largo de los años.

De hecho, hemos pasado más tiempo juntos en estas últimas veinticuatro horas que en los once años anteriores.

Empieza a comer y yo hago lo mismo, dando buena cuenta de tres huevos y una lubina ahumada de Chile con guarnición de pepino fresco. Cuando termino, a ella todavía le queda más de la mitad de *grechka*. Me sirvo otra taza de café y le doy un sorbo, mientras la miro y disfruto del movimiento elegante de su mano al llevarse cada cucharada a la boca, del movimiento flexible de su mandíbula cincelada conforme mastica, de la sinuosidad de su cuello cuando traga. Antes de conocerla no sabía que podía fascinarme algo tan mundano como ver a una persona comer, pero en esa cena en el ático de su padre hace once años, me di cuenta de que no podía dejar de mirarla cada vez que cogía algo del plato, con ese bello y desafiante rostro que he llegado a conocer tan bien.

Aquella noche todavía no había cumplido catorce años, y yo, un hombre de casi diecinueve, estaba completamente hipnotizado por ella.

Levanta la mirada del plato y me pilla mirándola, cuando vuelve a sonrojarse. No aparto la mirada. ¿Por qué molestarme? Sabe cómo me siento. Su embrujo, que empezó esa misma noche, se ha ido transformando en una obsesión que me ha consumido durante años y que me ha hecho abandonar cualquier esperanza de luchar.

—Nunca me has explicado por qué —me dice apartando el cuenco medio lleno.

—¿Por qué qué? —le pregunto observándola por encima de la taza.

Su voz es tensa y un poco ronca.

—Por qué estás obsesionado conmigo.

—¿Tiene que haber una razón?

Baja las pestañas, que ocultan ese destello de sus ojos tan parecido al de una joya.

—Para una persona normal, sí. Dentro de menos de una hora, estaremos unidos en matrimonio. Así que, sí, me gustaría saber por qué. ¿Por qué yo? ¿Por qué no otra mujer que te desee de verdad?

—Tú me deseas. —Levanto la mano cuando veo que está a punto contradecirme—. Puede que ahora mismo solo sea un deseo carnal, pero se convertirá en algo más.

Estoy seguro de eso.

Abre mucho los ojos.

—Te equivocas. ¿De verdad piensas que esto... —nos señala a ambos varias veces con rapidez— va a convertirse en una especie de historia de amor?

—¿Y por qué no?

Me mira boquiabierta y enseguida suelta una risa incrédula y cortante.

—Lo dices en serio, ¿verdad? Te crees de verdad que puedes obligarme a que me preocupe por ti.

—Claro que puedo. —Dejo la taza en la mesa sosteniéndole la mirada—. Vamos a pasar el resto de nuestra vida juntos, Alinyonok. Cada noche te daré placer, y por el día te procuraré todo aquello que necesites. Te llenaré de mi simiente y, al final, darás a luz a nuestro bebé. Quizás a más de uno. Seremos una familia y acabarás queriéndome, no te daré otra opción. Ya no. —Me mira fijamente con la cara pálida y añado—: Pelea todo lo que quieras, preciosa, pero no ganarás. Me encargaré de eso.

CAPÍTULO 3

ALINA

Todavía me tiemblan las manos cuando repaso los vestidos que hay en mi vestidor, buscando uno blanco. Después de la implacable declaración de Alexei no he podido comer nada más y siento el estómago vacío y hueco; tengo un nudo en la barriga. Ojalá tuviera un porro o dos, pero aquí no hay nada que pueda calmar la ansiedad que me consume.

Una noche. Este vestido no me va a conseguir nada más. Una noche en la que no me tocará.

No es suficiente. Ni por asomo. Cuando Alexei se enfadó después de negarme a vestir de blanco, se me ocurrió contar cuándo me había bajado la regla por última vez. No me acuerdo el día exacto que empezó, solo sé que fue a mitad de semana —y no sé cuánto tiempo estuve inconsciente mientras Alexei me traía aquí—, pero estoy bastante segura de que me acerco a la mitad del ciclo. Es decir, la semana más fértil de una mujer.

Si hubiera accedido a no tocarme durante una semana, podría haberme salvado, por lo menos este mes. Pero con solo una noche no conseguiré nada. Necesito encontrar la manera de mantenerlo alejado como mínimo unos días. Pero ¿cómo? Tengo muy poca influencia sobre mi secuestrador. Parecía importante para él que me vistiera de blanco, así que jugué mis cartas lo mejor que pude. Ahora tengo que pensar en otra cosa, algo con lo que esté dispuesto a negociar.

Suponiendo que no esté ya embarazada, claro.

—¿Necesitas ayuda?

Salto al oír la voz de Alexei. El corazón me late con fuerza; me giro y me encuentro son su mirada oscura.

Está de pie en la entrada del vestidor, con el antebrazo apoyado por encima de la cabeza en el marco de la puerta. Ya está vestido para la boda, se ha cambiado la camiseta informal y los vaqueros por un esmoquin y una pajarita. La chaqueta negra, muy elegante, se ajusta a su torso musculado y acentúa la anchura de sus hombros. La camisa, relucientemente blanca bajo la chaqueta, contrasta a la perfección con su piel morena y su pelo negro.

Tiene un aire intimidante, pero a la vez está arrebatador, y lo odio por ello igual que odio mi cuerpo por esta reacción involuntaria que tiene ante él.

—Me parece que te está costando encontrar un vestido —dice con una sonrisa afilada, señalando con la barbilla la fila de ropa detrás de mí—. ¿Te puedo ayudar?

Aprieto los dientes, esperando a que se me regule la respiración.

—No, gracias. Ya lo hago yo.

Para demostrárselo, me giro y cojo del perchero la primera prenda blanca que veo, que resulta ser una túnica de lino de manga larga.

Mierda.

Aunque, bueno, ¿quién ha dicho que tengo que vestir como una novia de verdad? Nuestro trato era que me pondría un vestido blanco, y esto lo es. No me lo pondría ni muerta, salvo que estuviera en una fiesta en la piscina con el bikini debajo, aun así... Sonrío triunfante y me giro hacia mi prometido, poniéndome la túnica por delante.

—Ni se te ocurra. —Su voz es peligrosamente tranquila—. No pienso explicarles a mis nietos, cuando vean las fotos de la boda, el porqué de ese vestido.

Se acerca a mí quedándose a muy pocos centímetros y hace que me dé un vuelco el corazón. Alarga el brazo por detrás de mí y saca un vestido de fiesta. Es de satén blanco y tiene unos hilos plateados tejidos verticalmente a través del corpiño de corte cuadrado; es ideal tanto para una boda como para una gala de alto nivel.

—Te pondrás esto —dice pasándome el vestido— o nuestro trato se ha acabado.

Mucho estaba durando mi pequeña victoria... Tensando la mandíbula, cuelgo la túnica y cojo el vestido. ¿Qué otra opción tengo? Él tiene todas las cartas en este puto juego al que estamos jugando, él dicta todos los movimientos. Por mucho que quiera llevarle la contraria, no puedo, no sin renunciar el poco terreno que he ganado.

A fin de cuentas, una noche sin sexo es mejor que nada.

Me llevo el vestido al pecho y levanto la cabeza para mirarlo a los ojos con mi mirada más arrogante.

—Ya puedes irte. Sigo yo sola.

Creo que mi voz suena firme, pero mi corazón late erráticamente. Está muy cerca, es tan alto y musculado, su presencia es tan imponente en el pequeño vestidor... Siento que consume el aire que me rodea y me deja sin oxígeno. Pero lo intento igualmente, forzándome a inhalar del todo, pero mi cuerpo prende como la leña en una chimenea, los recuerdos de ayer se reproducen con todo detalle en mi mente mientras percibo su aroma masculino, una mezcla interesante de pino, cuero y agua salada.

Durante años, este hombre me ha perseguido en mis pesadillas más oscuras y en mis sueños más eróticos, aun así, mi imaginación subestimó cómo sería en realidad.

Sabe cuál es mi debilidad. Debe de saberlo porque entorna los ojos y la fina línea de sus labios se convierte en una curva sensual y divertida.

—¿Y si no quiero irme?

Trago saliva, plenamente consciente de la humedad que se acumula en mi entrepierna y de la dureza de mis pezones dentro del sujetador.

—Me lo has prometido.

—No follarte, sí. —Veo una chispa en sus ojos—. Sin embargo, no he dicho nada de no mirar.

—No pienso cambiarme delante de ti —digo dando un paso hacia atrás.

—¿Por qué no? —Me mira de arriba abajo y, cuando se cruzan nuestras miradas, sus pupilas están muy dilatadas—. Como si no te hubiera visto ya...

—Porque... —Busco una excusa—. Porque da mala suerte ver a la novia antes de la boda.

Es la razón más tonta del mundo, esta superstición solo vale para parejas que esperan tener un matrimonio feliz y duradero, pero no se me ha ocurrido nada mejor. No puedo decirle la verdad: que, con solo tenerle ahí plantado, me consume el deseo. Que si rompe su promesa y me toca, podría arder.

Vuelve su sonrisa burlona.

—¿En serio, Alinyonok? ¿Crees que la «suerte» es un factor para nosotros?

—Pues sí. —Esa es mi excusa y voy con ella hasta el final.

—Muy bien. Estaré esperándote en cubierta —dice inclinándose hacia mí.

Cuando se va, me deja tranquila, aliviada... y extrañamente decepcionada.

Capítulo 4

Alina

Alargo los preparativos lo máximo posible, me arreglo el maquillaje con esmero, me peino y elijo la ropa interior perfecta para el vestido, aunque no la va a ver nadie salvo yo. Contemplo la idea de ducharme otra vez, pero al final decido que no.

Si Alexei se da cuenta de que me he quitado el protector solar, insistirá en embadurnarme de nuevo.

Me arde la piel cuando recuerdo sus manos grandes y fuertes esparciéndome la crema por los hombros; cierro los ojos y respiro hondo hasta que mi pulso vuelve a tranquilizarse un poco.

Este deseo de que me toque cuando es la única cosa que estoy intentando evitar es de una perversidad insoportable.

Al final, no puedo alargarlo más. En el espejo veo que mi esfuerzo no ha sido en vano. A pesar de la falta de profesionales, me veo como una verdadera novia;

un bonito recogido, el maquillaje impecable y todo lo demás. Hasta he encontrado algunas joyas en una caja de madera tallada en el armario y me he puesto un par de pendientes de diamantes que complementan la simple elegancia del vestido que ha elegido Alexei.

Es hora de dar la cara.

Salgo del camarote y me dirijo a las escaleras repitiéndome que esto es lo que quiero, que soy yo quien le ha dado la idea a Alexei de celebrar hoy esta farsa de boda. Tomo el control de mi destino de la única manera que puedo, afrontando lo que se viene. En cuanto estemos casados, habré cumplido mi parte del trato y Slava vivirá seguro con Nikolai y Chloe, que es donde pertenece. Será entonces cuando pueda pensar en mi propia seguridad y en cómo escapar.

Esta boda es un paso más hacia mi libertad, no es algo a lo que deba temer.

Me repito esto y, aun así, me tiemblan las rodillas cuando salgo a cubierta y veo a Alexei esperando bajo el arco. Larson y Vika están a su lado. También hay un hombre alto, de pelo oscuro al que no había visto antes. Cuando me ve, levanta la enorme cámara que le cuelga del cuello y me hace una foto.

¿Se las habrá ingeniado Alexei para traer a bordo a un fotógrafo profesional?

Pero no. Mientras me acerco, veo que es más probable que ese desconocido sea un guardaespaldas o un sicario. Es más o menos de la edad de Alexei, con la misma complexión y con una mirada dura y peligrosa, de las que dan a entender que ha tenido una estrecha relación con la violencia. Lleva un traje negro entallado, una camisa blanca almidonada y corbata negra elegante, a diferencia de Vika y Larson, que llevan todavía lo que deben ser sus uniformes. Veo algo familiar en él, algo hay en su rictus sarcástico...

—Alina, te presento a mi hermano pequeño, Ruslan —dice Alexei cuando me paro frente a ambos—. Ruslan, te presento a mi novia, Alina Molotova.

¿Su hermano? Me esfuerzo por esconder mi sorpresa. Claro que sabía que Alexei tenía un hermano, y recuerdo ligeramente haber visto una foto de ellos hace algunos años, pero nunca había visto a Ruslan Leonov en ningún acto social. Igual que su recientemente fallecida hermana, Ksenia, se ha mantenido en un segundo plano todo este tiempo. Alexei y su padre son las únicas caras públicas de la empresa familiar. Sin embargo, la reputación de Ruslan no es tan inofensiva como la de su hermana; más bien todo lo contrario.

¿Qué está haciendo en el barco? ¿Y por qué no me lo presentó ayer Alexei?

—Es un placer conocerte al fin —dice Ruslan, aunque su expresión dice otra cosa. No hay ningún atisbo de sonrisa en su cara, una cara que, al verla de cerca, tiene un gran parecido con la de Alexei. Comparten la misma nariz masculina y una mandíbula afilada; aunque los ojos de Ruslan son de un color gris tormenta en vez de marrón oscuro y, la piel y el pelo son de un tono más claro que los de su hermano.

—No puedo decir lo mismo —contesto, tampoco sin molestarme en sonreír.

No me cabe duda de que el hermano de Alexei sabe que estoy aquí en contra de mi voluntad. De hecho, seguro que lo ayudó a capturarme.

Ahora Ruslan sí que sonríe y enseña toda la dentadura.

—Es una verdadera Molotov, la mires por donde la mires. ¿Cómo ha tenido tanta suerte mi hermano?

—Ruslan. —El tono de Alexei es contundente—. Dedícate a hacer las putas fotos.

La sonrisa de Ruslan se ensancha.

—Como quieras, hermanito.

Se aparta y le pide a Alexei que se ponga a mi lado.

—Decid patata —dice apuntándonos con la cámara.

Dispara el *flash* antes de que Alexei llegue hasta mí. Le siguen otros dos *flashes* rápidos. Vika y Larson se apartan, prudentes, cuando Alexei consigue estar a mi lado y me aprieta contra él, rodeándome la cintura con el brazo con aire posesivo.

Otro *flash* me ciega. Parpadeo y Alexei me gira hacia él. Ahueca mi mejilla en su mano y se acerca hasta casi juntar nuestros labios.

Flash.

Sus labios suaves y posesivos tocan los míos.

Flash. Flash.

Estoy tan desconcertada por lo que está pasando que casi ni reacciono cuando Alexei intensifica el beso, pasando la lengua por mis labios cerrados mientras presiona su mano en el bajo de mi espalda, atrayéndome más hacia sí. Arrima su erección a mi estómago, dura y gruesa, y suelto un grito ahogado. Por instinto, subo las manos a sus hombros y él se aprovecha de mis labios entreabiertos para meterme la lengua en la boca. Sabe a pasta de dientes de menta y a hambre masculina que no se molesta en contener, como en todas mis fantasías retorcidas. A pesar del público, un escalofrío familiar me sube por la espalda, el deseo incandescente que crece en mi interior. Me olvido de la boda y de los *flashes*, de la hostilidad de Ruslan y de los horribles planes que Alexei tiene para mí.

Me olvido de todo mientras rodeo el cuello de mi captor y lo beso con la misma hambre poco desenfrenada.

Oigo un aplauso cuando Alexei separa los labios, con una respiración pesada y esa mirada oscura y penetrante. Pestañeo volviendo a la realidad y veo a Ruslan, con la cámara al cuello, que aplaude burlón.

Me sonrojo más que avergonzada e intento apartar a Alexei, pero no me deja. En su lugar, me agarra con ambas manos de la cadera, sujetándome, y se gira hacia su hermano con una mirada letal.

Ruslan deja de aplaudir y vuelve a coger la cámara.

Flash.

Flash.

Flash.

—Sonríe. —Alexei me lo ordena en voz baja, inclinando la cabeza para hablarme al oído. Me obligo a sonreír, aun cuando el calor de mi interior se enfría y acaba apagándose.

Esto no es más que una farsa, una pantomima de lo que debería ser una boda. No me extraña que Ruslan me odie. Si de verdad le importa Alexei, no es esto lo que quiere para él. No puedo ser yo lo que quiere para su hermano, una novia que odia al novio, una mujer a la que han secuestrado de su familia.

Todo esto está mal. Es una mierda… para mí y para Alexei.

Por un momento, noto una extraña punzada de simpatía hacia él, pero luego caigo en que él es mi captor. Alexei ha planeado todo esto. No tendríamos que haber terminado aquí, pero él lo ha querido así. Todo lo que ha pasado: el compromiso cuando yo tenía quince años, los siguientes años de acoso, el asalto al complejo de Nikolai y, ahora, este paripé de boda. Dentro de poco me dejará embarazada y seremos una familia de mierda con un matrimonio condenado al fracaso desde el principio.

Seremos como mis padres, pero peor. Por lo menos ellos se querían al principio.

Flash. Flash. Flash.

Se me acelera la respiración y me noto el latido del corazón en los oídos. Alexei me lleva hacia la barandilla para que Ruslan nos saque fotos ahí, con el océano infinito de fondo. Luego, Ruslan le pasa la cámara a Larson para ponerse en la foto al lado de su hermano, para que estemos los tres.

Flash. Flash.

46

Estoy sudando, y a pesar del sol que hace, es un sudor frío y húmedo. No hay suficiente oxígeno, no consigo tomar una bocanada de aire completa, por mucho que lo intente. Alguien dice algo, pero oigo las palabras como si estuviera en un túnel y Alexei me gira para colocarme frente a él.

Flash.

Se me nubla la visión, solo veo puntitos negros y, el rostro de este, oscuro por alguna emoción, nada frente a mis ojos. Se me debilitan las rodillas y me agarro a sus bíceps cuando me sujeta del brazo y, acelerado, empieza a decirme algo, algo que no alcanzo a oír por culpa del golpeteo de mis oídos.

Con cierta lejanía, me doy cuenta de que voy a desmayarme y, de repente, todo se funde a negro.

CAPÍTULO 5

ALEXEI

Con el corazón acelerado, agarro a Alina cuando se desploma ante mí y su esbelto cuerpo se queda flácido entre mis brazos.

—¿Qué cojones…? ¿Se acaba de desmayar delante de ti?

Ignoro la incrédula pregunta de Ruslan mientras sostengo a mi novia contra mi pecho y la llevo con rapidez bajo cubierta, lejos del sol abrasador. En mis brazos, parece una muñeca de trapo, está igual de débil que cuando la drogué. El miedo y la preocupación me oprimen las costillas mientras mi mente se apresura a analizar las posibilidades.

¿Habrá sido un golpe de calor? ¿Un efecto secundario tardío de la droga que le di hace dos días? O joder… ¿podría estar enferma?

Debería haber traído a un médico y no al gilipollas de mi hermano. Me dirijo hacia el camarote a grandes zancadas; Ruslan y Vika me siguen apresurados. Lo

48

más probable es que Larson se haya ido a por el botiquín.

—Pobrecita. Debe de estar baja de azúcar —dice Vika mientras tumbo a Alina en la cama con cuidado. Mi preocupación se dispara cuando veo el tono tan pálido de su piel bajo el maquillaje—. Apenas ha comido esta mañana y ayer solo almorzasteis.

¿En serio?

Joder, Vika tiene razón. Alina se ha comido menos de la mitad de la *grechka* esta mañana y solo le dio unos bocados a la comida de ayer, a primera hora de la tarde. Antes de eso, estuvo inconsciente durante más de un día y quién sabe cuándo había comido por última vez antes de que yo fuera a por ella.

Ahora que lo pienso, no recuerdo que Alina haya bebido mucho en las últimas veinticuatro horas.

—¿Estás diciendo que mi hermano ha matado de hambre a su novia después de secuestrarla? —dice Ruslan arrastrando las palabras—. Mira, como un villano de cuento.

Estoy a nada de darle un puñetazo. Si Alina no estuviera así, ya se lo habría dado.

—Cállate la puta boca —gruño antes de girarme hacia Vika—. Tráeme un poco de agua, o mejor, un zumo.

Ella asiente y se marcha a toda prisa. De repente llega Larson con el botiquín y un montón de toallas.

—Si le ha dado una insolación, tenemos que enfriarla —dice acercándose a la cama.

—Déjame a mí. —Cojo las toallas húmedas y frías, se las pongo sobre el pecho, el cuello y los brazos.

Los veintiocho grados de esta mañana son agradables, pero la luz del sol los hace más calurosos. Creo que la teoría de Vika tiene más sentido, aunque no puedo descartar que le haya dado un golpe de calor. Podría ser efecto de la droga, de una enfermedad o incluso una combinación de ambas cosas.

¿Por qué coño no he pensado en traer a un médico?

Mientras maldigo en voz baja, le retiro las toallas a Alina y enciendo el ventilador del techo, dejando que el movimiento del aire evapore la humedad de su piel y absorba el exceso de calor. Luego aprieto los labios contra su suave frente. Gracias a Dios no parece tener demasiado calor, así que puede que ya se esté enfriando o no sea una insolación.

Al sentir mi tacto, las largas pestañas de Alina se abren, sus ojos color jade parecen aturdidos y desenfocados. Parpadea una, dos veces, y luego enfoca la mirada.

La opresión de mi pecho se calma un poco.

—Te has desmayado cuando estábamos haciendo fotos —respondo a su pregunta aún sin formular—. ¿Qué te ha pasado? ¿Te encuentras mal?

Alina parpadea y se lleva el dorso de la mano a la frente.

—No… no estoy segura.

—Un zumo de naranja recién exprimido —dice Vika a mis espaldas con un vaso alto y una pajita—. Bebe esto, te irá bien.

Cojo un par de almohadas y se las pongo a la espalda mientras Vika le lleva la pajita a los labios. Con obediencia, Alina le da unos sorbitos y luego, para mi alivio, se bebe todo el vaso. El rostro recupera un poco de color casi de inmediato y la mirada se le despeja aún más.

—¿Estás mejor? —le pregunto, ella asiente con la cabeza y se incorpora hasta sentarse.

Flash.

Se estremece y me giro hacia mi hermano con los dientes apretados.

Me lanza una mirada angelical.

—¿Qué? Querrás fotos para la posteridad, ¿no?

Lo que quiero es propinarle un puñetazo en la cara varias veces, hasta que oiga crujir el cartílago de la nariz. Haré justo eso cuando Alina no esté aquí para verlo. Por ahora, mantengo el tono de voz mientras le señalo la puerta con el pulgar.

—Fuera. Ahora.

Hace una reverencia burlona y se marcha. Vika y Larson le siguen sin demora al ver mi mal humor y me dejan a solas con mi novia.

Me siento en el borde de la cama y estrecho su mano entre las mías. Al tocarla, le noto la piel fría; su mano es delicada y frágil en comparación con la mía.

—¿Cómo te encuentras? —le pregunto con suavidad sosteniéndole la mirada—. ¿Tienes náuseas? ¿Mareos? ¿Dolor de cabeza?

Baja las pestañas, que le ocultan los ojos.

—No… no creo.

—¿Te duele algo?

—No. —Retira la mano evitando mi mirada—. Sigamos con la boda.

Se incorpora un poco, pero la agarro por los hombros y hago que se recueste en las almohadas otra vez.

—La boda puede esperar. —Mi voz es más aguda de lo que pretendía, pero no puedo evitarlo. La preocupación me corroe por dentro. No sé si he hecho algo para herirla, para hacerle daño… Con esfuerzo, nivelo mi tono de voz—. Come y bebe algo. Luego veremos lo de la boda.

Por mucho que quiera poseerla, prefiero que esté sana y bien.

—Estoy bien —dice mientras levanta la barbilla con la testarudez que la caracteriza—. Quiero que se celebre la boda *ahora*.

—¿En serio? —Inclino la cabeza observándola.

Le brillan los ojos con un tono verde más intenso.

—La verdad es que no. Tengo las mismas ganas de casarme contigo que de nadar en un escalofriante mar cuajado de tiburones. Pero si tengo que hacerlo, prefiero acabar de una vez por todas.

Aprieto los dientes y me recuerdo que no está bien. No puedo arrancarle ese bonito vestido y mostrarle lo mentirosa que es, finge que no me quiere ni desea este matrimonio. En el fondo sabe que me pertenece, pero aun así insiste en luchar contra mí y resistirse.

Tengo que esforzarme por suavizar mis facciones y hablarle en un tono pausado y neutral.

—En ese caso, come y bebe. Cuando vea que estés bien, seguiremos con la boda.

Me pongo en pie y salgo del camarote.

Capítulo 6

Alina

Exhalo y dejo caer la cabeza contra las almohadas mientras la puerta del camarote se cierra tras Alexei. La verdad es que aún me siento un poco temblorosa y tengo el pulso demasiado acelerado. Pero eso podría deberse a su proximidad y no a mi desmayo a lo dama victoriana.

Cierro los ojos y respiro hondo. No sé por qué me he desmayado, pero el zumo de naranja me ha hecho sentir mejor, de modo que quizá Alexei tenga razón. Puede que necesite agua y comida.

«Y no pensar en mis padres ni en cómo vamos por el mismo camino…».

Destierro ese pensamiento en cuanto asoma su horrible cabeza, pero es demasiado tarde. Mi corazón se acelera aún más y mis pulmones se contraen ante una nueva oleada de pánico.

Mierda…, tal vez no era por la falta de comida.

Me concentro en no pensar y en hacer

respiraciones pequeñas y uniformes. Cuando eso no funciona, me viene a la mente Slava y lo feliz que es con Nikolai y Chloe. Me recuerdo que mi matrimonio con Alexei garantiza su felicidad y seguridad. El pánico se desvanece poco a poco, y deja a su paso una desalentadora decisión.

Me casaré con Alexei.

Hoy mismo.

Tan pronto como sea posible.

Solo entonces me preocuparé de todo lo demás.

Se abre la puerta del camarote y entra Alexei con una bandeja que debe de haberle preparado Vika. La comida es sencilla: una tostada con mantequilla y mermelada, otro vaso de zumo de naranja y dos huevos duros pelados.

—Cómetelo todo —dice Alexei con una expresión implacable mientras coloca la bandeja sobre mi regazo y se sienta en el borde de la cama—. Quiero verte devorar hasta la última miga, ¿entendido?

Pongo los ojos en blanco.

—Sí, amo. Te escucho y obedezco, amo.

Alexei hace una mueca.

—Ajá. —Coge la tostada y le echa mermelada en una esquina—. Abre.

Sumisa, muerdo el pan dulce y crujiente. Al instante, se me hace la boca agua. No suelo comer cosas tan dulces, pero ahora mismo me apetece mucho.

—Buena chica —murmura Alexei, observándome con atención mientras trago.

Sonrojada, me acerco para cogerle la tostada, pero

no me la da. En lugar de eso, la mantiene fuera de mi alcance y echa más mermelada en otra esquina antes de acercármela a la boca. Sus ojos brillan sombríos mientras espera a ver qué hago, y me sorprendo mordiendo la tostada mientras él la sostiene, como una mascota a la que su dueño le da de comer.

—Eso es, qué chica más buena —dice en voz baja y me arden las mejillas mientras repite la acción y me da más tostada con mermelada.

Debería protestar, quitarle el pan y comérmelo como la adulta sana y funcional que soy, pero no lo hago. Hay algo en la forma en que me mira, cómo me elogia por cada bocado, que calma el pánico que siento dentro de mí y acalla las voces fatalistas de mi mente. Me como toda la tostada de su mano y cuando doy el último mordisco, mis labios rozan sus dedos y es algo… sensual. Noto el cosquilleo de la vergüenza en la piel y él entorna los ojos al coger un huevo y acercármelo a la boca.

Sé que estamos jugando en un juego peligroso, pero no puedo parar. Le sostengo la mirada mientras muerdo la tostada, pero ya no noto el sabor de nada, la ardiente tensión se apodera del aire entre nosotros. Se le oscurecen los ojos, se le acelera la respiración y mi cuerpo responde con una oleada de deseo. Los pezones se me ponen erectos bajo el ajustado corpiño del vestido y los músculos internos se me tensan con un dolor vacío. Una vez más, no hay oxígeno suficiente, pero el mareo que siento no es el del desmayo. Siento como si estuviera atrapada en un sueño demasiado real, una realidad alternativa en la que solo estamos nosotros dos y nada más importa.

—Mi dulce Alinyonok... —Su áspera voz se vuelve aterciopelada mientras le chupo los dedos al acabar con el primer huevo—. Qué chica más buena y preciosa.

Debería avergonzarme por mi forma de actuar. Debería parar y regañarle, pero dejo que me dé el segundo huevo, aunque esté llena. Cuando me acerca el vaso de naranja a los labios, bebo el zumo ácido con la pajita y obedezco sus instrucciones.

Cuando le doy el último sorbo, deja el vaso vacío en la mesilla de noche, retira la bandeja de mi regazo y la deja en el suelo. Luego, me coge de la barbilla con su enorme mano y lleva los labios a los míos.

El beso es tan ligero como una pluma, solo dura un instante, pero cuando se separa, siento un hormigueo por todo el cuerpo y me tiembla el pulso.

—Ahora estás lista —murmura observando mi cara, que por el calor que me sube bajo la piel, debe de estar rosada.

Se inclina, me pasa un brazo por debajo de las rodillas y el otro por detrás de la espalda e, ignorando mi habilidad para andar, me levanta de la cama con la misma facilidad que a una niña pequeña.

Avergonzada, escondo la cara en su cuello mientras me saca del camarote y sube las escaleras hasta la cubierta, donde Ruslan me espera con la cámara en la proa. Me saca unas cuantas fotos en brazos de Alexei y luego otras en las que me pone de pie agarrándome con cuidado los hombros, supongo que para sujetarme por si vuelvo a marearme.

—¿Estás bien? —me pregunta Alexei mirándome con dulzura. Yo asiento con la cabeza, demasiado agotada para luchar. No sé si es por mi desmayo o por nuestro extraño comportamiento en el camarote, pero me siento agotada, vacía de una forma extraña y catártica.

Al fijarme en la mirada oscura y magnética del hombre con el que me voy a casar, el miedo y la ansiedad que me atormentaron durante tanto tiempo se me antojan distantes. No se habían ido, pero no estaban presentes de una forma tan intensa. Tal vez sea yo la que no está del todo presente, sigo atrapada en ese estado de ensueño en el que Alexei y nuestro futuro juntos no son algo que temer.

Contento al ver que no voy a desmayarme otra vez, mi futuro marido me suelta los hombros y me agarra la mano derecha de forma cálida y posesiva.

—En ese caso, hagámoslo.

Mira hacia delante y yo hago lo mismo, por primera vez me doy cuenta de que Larson ya está aquí, de pie frente a nosotros. Por el rabillo del ojo, veo que Vika también se acerca. Comienza a sonar una música suave desde algún lugar, quizás sean unos altavoces integrados en las paredes. Mientras tanto, Ruslan gira como un tiburón en torno a nosotros sacando fotos con su cámara.

Larson empieza a hablar y sus palabras llegan a mis

oídos, pero no las percibo. Se mezclan son el sonido de las olas que rompen contra el casco del barco y con la sensación de la brisa cálida y salada en el rostro.

—Sí, quiero —digo cuando llega justo mi momento.

Luego llega el turno de Alexei.

—Sí, quiero —dice con firmeza.

Cuando me vuelvo hacia él, mete la mano en el bolsillo interior de su chaqueta y saca una cajita de terciopelo. Al abrirla veo dos anillos: uno delicado y de color plata con incrustaciones de diamantes y una alianza más gruesa sin piedras. Son preciosos, aunque no son más que dos eslabones de las cadenas con las que me ata a él. Mientras los miro, recuerdo el anillo de compromiso que me regaló cuando cumplí dieciocho años. No me lo he puesto desde aquella noche, pero aún lo conservo en Moscú en una caja fuerte de mi ático. Por alguna razón, nunca me deshice de él.

Este anillo de boda lo complementa a la perfección.

Me da un vuelco el corazón; parte de la sensación de ensueño se desvanece y vuelvo a sentir ansiedad. Ya es demasiado tarde. Alexei me coloca el anillo de diamantes en el dedo anular izquierdo y me pone la alianza de plata en la palma de la mano para que yo se lo ponga. Lo hago con poca maña, con una torpeza inusual en los dedos; él me ayuda y en su rostro se dibuja una sonrisa socarrona.

Y, al fin, está hecho.

—Puede besar a la novia —anuncia Larson.

Alexei me agarra la cara con las palmas de las

manos para atrapar mis labios en un beso profundo y hambriento que evidencia que ahora le pertenezco.

Que soy su posesión, para bien o para mal.

CAPÍTULO 7

ALEXEI

Justo después de la ceremonia, Alina se disculpa porque tiene que ir al baño, y Larson y Vika regresan a sus tareas. Ruslan se acerca entonces.

—Felicidades, hermano. Ya tienes todo lo que siempre has querido.

—No todo. Aún no.

Sigo a Alina con la mirada hasta que desaparece de la cubierta. El beso aún me la pone dura y la preocupación me oprime el pecho. A lo mejor debería acompañarla para asegurarme de que no se desmaye otra vez. Aunque durante la ceremonia parecía estar bien. Aun así, creo que debería echarle un ojo por si...

—¿Quieres hacer el favor de relajarte? Joder, la chica está bien —me garantiza Ruslan mientras me corta el paso—. Ha sufrido un ligero ataque de pánico, ¿y qué? Como cualquier mujer en su pellejo: la secuestran con suma violencia, la drogan y la obligan a casarse con un hombre al que odia...

El puñetazo que le propino en el mentón le cierra la boca de una vez. Retrocede tambaleándose y, al sonreír, enseña los dientes ensangrentados.

—Llevas toda la mañana muriéndote de ganas de hacerlo, ¿eh? —Escupe por encima de la barandilla—. ¿Qué pensaría tu esposa si te viera?

—Vete a la mierda.

Él sabe perfectamente que, de no ser por Alina, no me hubiese bastado con un solo golpe. Cuando nos sacamos de quicio, los puñetazos se nos quedan cortos. Pero una pelea de verdad no entra dentro de mis planes de hoy. No, a menos que quiera que mi esposa vea que sí soy el salvaje que piensa que soy.

«Mi esposa». Saboreo esas palabras en la mente, a pesar de que ardo de rabia contra mi hermano por dentro. Ha estado en contra de mi compromiso con Alina desde el principio, aunque yo nunca le haya pedido su opinión.

Por suerte, parece entender que se me está agotando la paciencia.

—Nuestro padre me ha enviado un mensaje hace unos minutos —comenta mientras adquiere una expresión seria—. Quiere hablar contigo.

Una sonrisa macabra se dibuja en mi rostro.

—Dile que no puedo porque tengo una boda.

—Con mucho gusto. —Ruslan esboza otra sonrisa como la mía. Al menos, en esto estamos los dos en el mismo bando—. He tenido noticias de Lykov. Los Molotov están armando la de Dios. Ya han atacado dos almacenes nuestros cerca de Moscú y ha habido un ciberataque en la filial de Kazajistán.

Lo que esperaba.

—Dile a Lykov que tiene permiso para gastar todo lo que haga falta en mejorar la seguridad de todos los centros de operaciones. Van a atacarnos con todo lo que tienen.

Los hermanos de Alina no van a quedarse de brazos cruzados después de que atacáramos la finca de Nikolai y capturáramos a Alina. Lo tenía claro desde el principio. Lo que hice equivale a una declaración de guerra y, dentro de nada, rodarán cabezas.

—Ya está en ello —contesta Ruslan—. Por cierto, dentro de unos días nos interceptará el submarino.

—Bien.

Eso significa que Ruslan por fin vuelve a casa a tomar las riendas del negocio durante mi ausencia. Insistió en ayudarme en Idaho, pero la operación ya está más que acabada. La boda también. Ya no tiene ningún motivo para seguir aquí y uno de nosotros tiene que estar en Moscú supervisando nuestros asuntos, sobre todo ahora que nuestro padre está enfermo.

Ruslan está a punto de darse la vuelta y marcharse cuando le pregunto en voz baja:

—¿Qué tal está?

Mi hermano se para en seco y me mira arqueando las cejas.

—¿De verdad quieres saberlo? —Ante mi mirada

impasible, suspira y responde—: Los médicos dicen que le quedan solo semanas. Puede que menos.

Algo se me retuerce en el pecho como si me perforaran con un destornillador hasta el fondo. Me doy la vuelta para ocultar la expresión de dolor y camino hasta la barandilla. Desde allí contemplo el agua azul oscuro que resplandece bajo el sol.

Ruslan no tarda en acercarse.

—Sabes que no fue culpa tuya. —Le lanzo una mirada. Él observa fijamente el horizonte—. Tampoco mía. Él es el único culpable de todo.

Contemplo el agua otra vez.

—Lo sé.

—No te termino de creer.

Me quedo en silencio porque, ¿qué más puedo decir? No hay forma de cambiar el pasado, ni de arreglar lo que ya está roto y no tiene remedio. Hasta que Ruslan encontró el diario que escribió nuestra hermana durante la adolescencia hará unas semanas, estaba totalmente ciego. Ahora que lo veo todo claro, me consume una rabia tan virulenta que lo único que puedo hacer es mantenerme lejos de Moscú hasta que el hombre que nos engendró exhale de una vez su último aliento.

—Ha vuelto a hablar de Slava —añade Ruslan con tacto—. Nos ha exigido que se lo arranquemos de las manos a los Molotov.

—El trato no es ese.

Ruslan se gira hacia mí con el antebrazo apoyado sobre la barandilla.

—¿Y por qué hiciste ese trato? Podríamos haber acabado con ellos. Si hubiésemos aguantado un poco más, todo este lío se habría terminado. Tendrías a Alina y al chaval.

—Pero antes tendría que haber matado a su hermano.

Ruslan dirigía el equipo encargado de acabar con los matones en el perímetro de la finca, por lo que no me acompañó al garaje. No tuvo la oportunidad de ver la determinación inquebrantable en la mirada de Nikolai Molotov cuando me enfrente a él. El hermano de Alina habría luchado a muerte para proteger a su familia y quedarse con su hijo. Y, lo que es más importante, Slava quería quedarse. Mi sobrino escogió a su padre y a su nueva mujer antes que a mí y, después de haber leído el diario de Ksenia, no puedo decir que fuese una decisión equivocada. Si entonces hubiera sabido lo que sé ahora, si Ruslan hubiese encontrado el diario antes, si Ksenia me lo hubiese confesado...

—¿Y por qué no nos lo cargamos? —pregunta Ruslan, interrumpiendo mis pensamientos sin rumbo —. Total, un Molotov menos del que preocuparnos.

Enarco las cejas.

—Sabes que estoy casado con una Molotov, ¿no?

—Ahora es una Leonov.

Sí, sí que lo es. No puedo evitar sentirme lleno de satisfacción solo de pensarlo. Pero le contesto serio a Ruslan:

—Eso no quita que si me cargo a su hermano me odiaría.

Ruslan resopla.

—Si ya te odia.

No, eso es mentira. Me niego a creerlo. Nuestra relación no es nada fácil, pero en el fondo Alina no me odia. Aún me acuerdo de la compasión que me mostró en la gala benéfica tras la muerte de Ksenia, de los breves momentos de conexión que llegamos a compartir. Sé que, en cierto modo, le importo, aunque para ella siga siendo prácticamente un desconocido. Pero no por mucho. Vamos a estar aquí, en mitad del océano, los dos solos al menos una buena temporada. Y tendrá tiempo de conocerme... y de enamorarse de mí.

A mi hermano solo le contesto:

—Eso ya lo veremos.

Se ríe y se gira hacia el océano. Me giro yo también. Estamos el uno al lado del otro, apreciando la infinita extensión azul antes de que los rayos de sol nos abrasen la cabeza. Cuando el calor ya se vuelve insoportable, me aparto de la barandilla y me dirijo a las escaleras.

Es hora de ver qué tal está mi nueva esposa.

CAPÍTULO 8

ALINA

Estoy a punto de salir del camarote cuando Alexei aparece por el pasillo. Se acerca con unas grandes zancadas que devoran la distancia.

—Te has cambiado —observa tras pararse a unos metros y darme un buen repaso.

—Sí, ¿por? La boda ya se ha terminado, ¿no? —Me he vuelto a poner el vestido verde de esta mañana. Es mucho más fresco y cómodo que el vestido blanco tan largo que llevaba para la boda.

Ladea la cabeza mientras me examina atento.

—¿Cómo te encuentras?

—Bien. —Es la verdad. Estoy bien. Había pensado en usar el desmayo de excusa para quedarme en el camarote el resto del día, y así, con suerte, no tener que estar con él, pero al final he descartado la idea. No solo me aburriría hasta la desesperación, sino que es mejor si no me paro demasiado a pensar en mi situación.

En la cubierta, al menos tendré la oportunidad de hablar con el hermano de Alexei y conocerlo un poco más.

—¿Estás segura? —me pregunta Alexei entrecerrando los ojos.

Dudo un poco. ¿Y qué va a hacer si no estoy bien? ¿Llevarme de vuelta a Moscú?

El rostro se le tensa.

—A la mierda. Voy a llamar a un médico. —Da media vuelta y se dirige a las escaleras, mientras yo lo miro sin terminar de creérmelo.

¿Tenemos un médico a bordo? A menos que esté hablando de…

—¡Alexei! Espera. —Corro detrás de él. Se detiene y se gira.

—¿Qué?

—¿Es que vamos a atracar en algún sitio? Para que me atienda el médico.

«Por favor, di que sí. Por favor, dilo».

—No. —Se vuelve a girar y sigue andando. Antes de poder sacarle más respuestas, ya ha desaparecido por las escaleras.

Lo sigo, pero para cuando llego a la cubierta, ya está hablando con su hermano bajo el saliente.

—…por lo menos una semana de retraso —le está diciendo Ruslan cuando me acerco—. ¿Estás seguro de que es del todo necesario?

—Yo decido lo que es necesario —responde Alexei en tono brusco—. Tú encárgate de que suban a bordo.

¿Quién se va a subir a bordo? ¿Y cómo? Me muero

de curiosidad, pero antes de que pueda preguntar nada, Ruslan asiente serio y se marcha rumbo a las escaleras.

Alexei se gira hacia mí con el rostro sombrío.

—¿Qué haces aquí? Deberías acostarte, descansar.

—No me apetece descansar. Quiero… —Me estrujo los sesos en busca de algo inofensivo que decirle—. Quiero nadar un poco.

Alexei frunce el ceño.

—Aún no te has recuperado del todo.

—¿Eso quién lo dice? —Cuanto más lo pienso, más me apetece zambullirme en el agua. Tampoco me vendría mal entrenar un poco por si se me presenta la oportunidad de escaparme nadando—. En serio, no me pasa nada. Antes me he… —Paro en seco, no tengo ganas de revivir la escena.

Alexei me mira con mayor atención.

—¿Antes qué…?

—Me he acojonado, ¿vale? —Cojo aire; de repente, hay algo que me oprime los pulmones—. Me he acordado de mis padres, ya está.

El rostro se le relaja.

—Alinyonok…

—Para. —No quiero su compasión—. Vamos a bañarnos ya, por favor.

Se lo piensa un segundo y luego asiente en señal de aprobación.

—Está bien. Entremos a cambiarnos y luego vamos a nadar.

Bajamos de la cubierta. Él me acompaña con la mano suavemente apoyada en la parte baja de la espalda. Me cuesta horrores no apartársela de un manotazo. No porque me moleste que me toque. Es justo al contrario. Diría que... hasta me calma un poco sentir su mano grande. Me reconforta de una forma en la que ahora prefiero no pensar.

Esta sensación tan particular tarda en desvanecerse durante todo el camino de vuelta hasta el camarote. Pensaba que iba a entrar conmigo, pero, para mi sorpresa, se detiene a unos metros, delante de otra puerta del pasillo.

—Aquí es donde guardo la ropa —me explica; alzo la mirada sorprendida—. ¿Nos vemos en la cubierta?

—Ah..., sí, claro.

Parpadeo mientras abre la puerta y se mete en lo que parece ser otro camarote, solo que con un escritorio enorme y una silla, en lugar de la cama. ¿Será ese su despacho? Si lo es, ¿por qué guarda la ropa ahí?

Bueno, da igual.

Me meto en el camarote que compartimos los dos y voy directa al armario, en el que encuentro un montón de trajes de baño. Elijo uno azul neón de una sola pieza para hacer deporte, tanto porque es con el que voy a nadar más cómoda como porque es el más discreto. Aunque Alexei ya me ha visto entera, no puedo evitar sentir un calor que se extiende por las mejillas al pensar en que estaremos los dos casi desnudos en mitad del océano.

A lo mejor esto no ha sido tan buena idea. En lo que se refiere a distracciones, esta es bastante mierda.

Pero ya es demasiado tarde. Me pongo un vestidito

azul que combina con el bañador, me calzo unas chanclas blancas, respiro hondo y salgo del camarote.

Alexei me está esperando debajo del saliente de la cubierta. Han puesto dos tumbonas acompañadas de una mesita con zumos de frutas, seguramente para que nos relajemos y nos refresquemos a la sombra después del baño. Menos mal que Alexei no ha venido con su hermano, aunque con lo que sí ha venido es con un bote de crema solar enorme. Se levanta de la tumbona con el bote en la mano.

Estoy a punto de revivir el suplicio del desayuno.

Y, efectivamente, en cuanto llego a la sombra, Alexei me ordena que me quite el vestido.

—No voy a dejar que te pongas bajo el sol sin protección —afirma mientras, a unos pocos metros de distancia, lo miro con recelo mientras destapa el bote.

Lleva puestos un bañador negro y, al menos de momento, una camiseta negra. El conjunto le queda muy bien. Le resalta los fuertes músculos de las piernas y los imponentes tatuajes de los brazos. Me cuesta tragar saliva al recordar lo que se siente estando atrapada en esos brazos, con nuestros cuerpos desnudos el uno contra el otro y él penetrándome una y otra vez...

—Ya lo hago yo —suelto de golpe al sentir que se me ha puesto la cara colorada con una imagen tan vívida. Ya sé lo que me va a decir, pero lo tengo que intentar.

Ya es malo de por sí que vayamos a estar los dos mojados y casi desnudos. Si encima me restriega crema por todo el cuerpo, va a ser demasiado para mi cordura... la poca que me queda con él por aquí, vamos.

—Quítate el vestido —me repite con expresión implacable mientras se acerca—. Por mucho que lo intentes, no te llegas a la espalda.

Quiero contestarle que al menos puedo echarme yo por el resto del cuerpo, pero presiento que no lo voy a disuadir. Aprieto los dientes y me doy la vuelta. Le doy la espalda y me apresuro a quitarme el vestido por la cabeza. Siento su mirada abrasadora recorriéndome las piernas, el culo, la línea que desciende por las caderas hasta... El bañador que llevo no es para nada provocativo, pero aun así exhibe más de lo que tapa y, aunque él ya haya pasado sus manos por todo mi cuerpo, no puedo evitar sentirme como un conejo servido en bandeja a un tigre.

—Alinyonok... —me susurra con su voz grave y gruesa cuando se pone justo detrás de mí, tan cerca que siento el calor de su robusto cuerpo mientras me apoya las manos cubiertas de crema sobre los hombros—. Joder, eres preciosa.

Se me enciende toda la piel. Sé que me desea. Sé lo mucho que le atraigo. Y, aun así, sus palabras logran que me sienta como una adolescente que acaba de darse su primer beso. O a lo mejor lo que surte este efecto en mí es la manera tan placentera en la que me roza con sus dedos fuertes y duros al restregarme la crema solar bajo los tirantes del traje de baño. Aunque también puede que me sienta así porque, de hecho, fue él quien me dio mi primer beso cuando era una adolescente... mejor dicho, me lo robó.

Sea cual sea el motivo, ahora es mil veces peor que cuando me puso crema esta mañana. Al menos, entonces, estaba sentada. Ahora, al sentir cómo sus manos me recorren todo el cuerpo y me extienden la crema por la piel, tengo que hacer acopio de todas mis fuerzas para permanecer recta. Mis huesos parecen haberse derretido, al igual que el resto del cuerpo. No hago más que respirar temblorosa, ardiendo en deseos. Los pezones se me han puesto duros, pero por dentro continúo bullendo suavemente.

Si me toca entre las piernas, lo notará. Sentirá lo mojada que estoy.

Esto no debería estar provocándome tanto. Tan solo quiere evitar que me queme bajo el sol. Pero todo lo que hay entre nosotros me provoca, y es el roce con él lo que en realidad me quema. Mi cuerpo decidió hace tiempo que ansía a este hombre, por violento y peligroso que sea, y nada de lo que ha ocurrido desde entonces ha logrado cambiar lo más mínimo ese deseo.

Ya ha terminado con los hombros, la nuca, el pecho, los brazos y la espalda. Entonces me gira y se arrodilla frente a mí como la última vez. Se me acelera aún más el pulso. Siento sus palmas calientes y llenas de durezas extendiéndome crema por el empeine de ambos pies, los tobillos, las pantorrillas, las rodillas... Contengo la respiración cuando llega a los muslos y comienza a restregarme la crema por los cuádriceps y las corvas. El roce es platónico tan solo en apariencia. Hasta que alza la vista y cruzamos miradas no me doy cuenta de la sed que bulle en el fondo de esas profundidades tan oscuras; la misma sed que se apodera de mí con sus garras y hace un chiste de la poca resistencia que opongo.

Sin apartar la mirada, sigue subiendo las manos. Me restriega la crema a cada lado de las caderas, continúa por la parte baja de las nalgas hasta esa zona al descubierto que está tan solo a unos centímetros de esa parte de mí que, sin dejar de palpitar, lo ansía con vehemencia. Cuando llega al borde del bañador, sonríe y sus labios forman una perversa curva de seducción peligrosa. Me estremezco solo con la intensidad del deseo que siento, con la necesidad imperiosa de inclinar las caderas para que apriete sus dedos contra la fina franja de tela azul neón que cubre mi sexo, para que rocen ese bultito de terminaciones nerviosas que…

—Oye, ya sé que hace calor, pero buscaos un camarote, anda.

El tono de guasa de Ruslan me saca de un sobresalto del trance sensual. Me pongo rígida, doy un paso atrás y, como no se me ocurre nada que hacer, lanzo a la tumbona el vestido que tenía aún en la mano. Alexei ya se ha puesto de pie y le clava una mirada feroz a su hermano, que le sonríe burlón de oreja a oreja a unos pocos metros. Se ha quitado el traje formal y se ha puesto una camiseta y un bañador como Alexei. Él también tendrá pensado darse un baño.

—Ya me pongo yo en la cara —digo tensa mientras estiro el brazo para quitarle el bote de crema solar a Alexei de la mano.

Esta vez no ofrece resistencia. Me apresuro a ponerme la crema con unos toquecitos suaves en las mejillas, la frente la nariz y la barbilla, antes de restregarla con cuidado. Me da bastante igual si acabo estropeándome el maquillaje; de todas formas, enseguida me voy a mojar la cara. Sin embargo, tengo la costumbre muy arraigada.

—¿Qué cojones haces aquí? ¿No tienes nada mejor que hacer en el camarote? —le pregunta Alexei entre gruñidos mientras le mira como si se estuviese aguantando las ganas de dejarle un ojo morado.

Hablando de morados, ¿Ruslan se ha hecho uno en el mentón?

—Pues no —contesta Ruslan—. Nada que no pueda esperar hasta que vuelva a casa. He puesto la oreja cuando estabais hablando de daros un baño. Me ha parecido buena idea y he pensado «pues me apunto».

Aguzo el oído. ¿Va a volver a Moscú? ¿Cómo? En un tono despreocupado, casi desinteresado, pregunto:

—Y ¿cuándo vuelves?

Al hermano de Alexei se le dibuja una sonrisa punzante en el rostro.

—¿Tantas ganas tenéis de deshaceros de mí? No os preocupéis, os dejaré disfrutar de vuestra luna de miel en cuanto…

—Ruslan. —La voz de Alexéi corta el aire como el

chasquido de un látigo—. Ve a darte un chapuzón, haz el favor.

—Con mucho gusto.

Ruslan se quita la camiseta con la seguridad imperturbable de un hombre que está en un estado físico increíble y lo sabe.

Cuando pasa tranquilo por mi lado, veo que su cuerpo es similar en tamaño al de Alexei y exactamente igual de musculoso, aunque con menos tatuajes. Pero ni rastro de ese deseo tan incómodo que me tortura cada minuto que paso junto a mi nuevo marido. Aunque supongo que tiene sentido. He conocido un montón de hombres guapos y fornidos, y ninguno de ellos ha despertado en mí el más mínimo interés. Los chicos del internado disponían de los mejores entrenadores personales y dietistas, por no mencionar que podían permitirse la cirugía estética; aun así, me atraían menos que el Ken de la Barbie. Lo mismo me ocurrió con los que conocí en la universidad. Aunque, claro, para entonces yo ya sabía que Alexei me estaba espiando y eso pudo haber influido.

Cuesta sentirse atraída por un hombre cuando sabes que eso puede conducirlo a la muerte.

Debo de haberme quedado absorta mirando a Ruslan mientras andaba perdida en mis cavilaciones porque, en cuanto sube por la escalera a estribor y da un salto de cabeza perfecto desde el último peldaño, Alexei me lleva hacia él agarrándome del brazo. Agacha la cabeza para poder acercar sus labios a mi oído y me susurra con una voz que suena a alambre de espino cubierto de seda:

—¿Te está gustando lo que ves?

Antes de que pueda abrir la boca, me gira para tenerme de frente. Al apretar los dientes con fuerza, le palpita un minúsculo músculo de la oreja. Me vuelve a agarrar, esta vez de la nuca, se inclina clavándome sus ojos negros como el carbón y suelta:

—Mi hermano, como cualquier otro hombre, está fuera de tu alcance. ¿Queda claro?

El corazón me va a mil, un escalofrío me recorre toda la piel mientras me fulmina con su mirada llena de rabia. Aun así, algún diablillo me empuja a contestar:

—¿O qué? ¿Vas a matar a tu hermano como hiciste con Josh y con ese tío en Bali? No fue ningún accidente que se cayese en moto por el acantilado, ¿verdad?

Alexei me agarra con más fuerza aún de la nuca. Mientras me clava los dedos en la piel hasta que me duele, me agarra de la cadera rápido con la otra mano.

—No. —La palabra, casi imperceptible, surge a través de sus dientes apretados. Desciende hasta tener la cara a menos de un palmo de distancia de la mía—. Claro que no lo fue.

Choca sus labios contra los míos en un beso duro y contundente. Más que de deseo, es un beso posesivo, más violento que sensual. Aun así, me corre fuego por las venas. Las ardientes brasas de deseo que hay en mi interior se encienden en unas llamas que consumen todo mi ser. Cuando por fin separa la cabeza, estoy aferrada a él, débil y sin aliento, temblando todavía de deseo. A él también le cuesta respirar, pero sigue con esa expresión sombría en el rostro, que sigue reflejando esa dominancia tan peligrosa.

Lleva una mano hasta mi cara y presiona el pulgar contra mis labios hinchados.

—Esto es mío. —Su voz se ha vuelto un gruñido brusco, casi de animal—. Y esto —desliza súbitamente su otra mano entre mis muslos hasta tocarme con la palma el sexo a través del bañador, apretando tan fuerte que se me escapa un gritito— esto, sin duda, también es mío.

Antes de que pueda responder a una afirmación tan rotunda, me suelta y se aleja. Se quita rápido la camiseta con un solo movimiento, la deja en una tumbona, avanza tranquilamente hasta la escalera y se tira por la borda con la misma facilidad atlética que su hermano.

Agitada, lo sigo con la mirada y en la mente tan solo soy capaz de formular un único pensamiento coherente.

Mi marido es un hombre aterrador.

CAPÍTULO 9

ALEXEI

P asan casi diez minutos hasta que Alina baja por la escalera de estribor hacia las olas. Me doy la vuelta y floto mientras la observo, con este deseo insaciable que me acompaña y me devora por dentro. Me arrepiento terriblemente de nuestro último acuerdo, la promesa que hice de no hacerle el amor hoy. A estas alturas ya tendría que haber aprendido a no ceder ante sus súplicas y, sin embargo, siempre vuelvo a caer en lo mismo. Al menos debería haberle dedicado un par de horas en el camarote para apaciguar mi deseo de algún otro modo antes de salir a nadar.

—Eres consciente de que ahora es tu mujer, ¿verdad? —Ruslan flota de espaldas a mi lado y se sirve de débiles brazadas para mantenerse a flote.

Mi puto hermano. Aprieto los dientes y resisto el impulso de ahogarle. Tiene suerte de que la temperatura del agua haya templado los ardientes celos que brotaron de mí cuando vi a Alina mirarle con admiración. Ruslan nunca intentaría nada con ella —sabe que le mataría si lo hiciera, aunque sea mi hermano—, pero, aun así, el mero hecho de pensar que pueda desearle a él o a cualquier otro hombre...

Aprieto los dientes con más fuerza y me esfuerzo por ignorar a Ruslan a la vez que contemplo cómo Alina prueba cuidadosamente el agua con el pie. La forma en la que se sujeta a la escalera es tan elegante. Con el bañador que lleva puesto me recuerda a una bailarina de *ballet* sin la falda. Por supuesto, ninguna bailarina ha tenido nunca este efecto sobre mí. Incluso sumergido en las frías aguas del Pacífico, la tengo ya medio dura de tan solo mirarla. Con unas piernas largas y unas curvas impecables, su cuerpo es tan perfecto que debería ser ilegal. Mis manos se mueren por tocar su delicada piel, acariciar su terso y redondeado pecho y sentir ese húmedo sexo aterciopelado entre sus...

Mierda. ¿Por qué hice ese estúpido trato sobre el vestido? ¿Y por qué accedí a bajar a nadar? Ahora mismo podría estar con ella en la cama en lugar de estar aquí con el imbécil de mi hermano. Aunque, pensándolo bien, Ruslan tiene razón; ahora es mi mujer. Puede ser mía cuando quiera. Un par de horas no son nada en comparación con la década que he tenido que esperar.

—Salta —le dice Ruslan a Alina al verla sacar el pie del agua y descender al siguiente escalón de la escalera, hasta que ambos pies quedan sumergidos a la altura de los tobillos—. No está tan fría como parece.

Nos mira de reojo.

—Lo sé. —Y acto seguido toma una gran bocanada de aire, se pinza la nariz con los dedos y salta desde la escalera.

Mi pulso se acelera cuando el agua oculta por completo su cabeza. Sabe nadar, lo sé, pero también se ha mareado antes. ¿Y si se marea de nuevo o se desmaya o...? Joder, no tendría que haber accedido a nadar. Giro y cruzo el agua con brazadas rápidas. No tardo más que unos segundos en alcanzarla, pero para entonces ha emergido a la superficie y se ríe mientras se aparta el pelo mojado de la cara con ambas manos.

Algo me oprime por dentro, como si una mano se hubiera colado en mi torso para apretar mi corazón en un puño. Esa expresión de pura felicidad, sin adornos, en su rostro... Esa sonrisa tan genuina y deslumbrante; nunca he visto algo parecido. No es tan solo hermosa. Mi Alinyonok es luminosa, brilla desde el interior como un ángel. Siento que no es correcto desearla en este momento, roza el sacrilegio, y a pesar de eso mi deseo solo se vuelve más voraz. La deseo con cada retorcida fibra de mi ser, con cada célula perversa de mi cuerpo. La deseo, pero no puedo tenerla.

Al menos, no hasta que estemos solos.

Debe de haberse percatado de la frustración que me ensombrece el rostro porque deja de reír y me observa con cautela.

—Hola.

—Hola a ti también.

Sin poder resistirme, la agarro del brazo y la acerco a mí sin prestar atención a su grito de asombro cuando su cuerpo choca contra el mío bajo el agua. Antes de que pueda escaparse, la rodeo por la espalda con un brazo y le sujeto la cara para besarla intensamente, aprovechando que tiene la boca ligeramente abierta.

Sabe al océano y a ella, a sal y dulzura y a puro sexo. Quiero devorarla, profundizar tan hondo en su interior que nunca pueda separarse de mí, pero en este instante lo único que puedo tener es este beso, así que lo disfruto todo lo que puedo. Deslizo la lengua sobre cada centímetro de su boca y le muerdo los suaves y exuberantes labios mientras inhalo su cálida respiración jadeante. En lo más profundo de mi mente, soy consciente de que mi hermano nada junto a nosotros, sin duda comentando algo sarcástico, pero no me importa una mierda.

Es mía. Por fin, después de todos estos años, es toda mía.

Cuando me obligo a parar, tiene las manos aferradas a mis hombros y con las piernas me rodea la cintura con fuerza. Me mira, con la respiración superficial, los labios hinchados y ligeramente abiertos. Apenas queda rastro del pintalabios rojo y el rímel ha emborronado el contorno de sus cautivadores ojos; la tengo tan dura que podría correrme ahora mismo. El agua, que antes resultaba tan refrescante en contacto con la piel, ahora me quema y requiero de todas mis fuerzas para separarla con cuidado por temor a romper mi promesa y poseerla aquí y ahora, en medio del océano, con mi hermano al lado y mientras el barco se aleja despacio.

Es extraño lo callado que está Ruslan mientras suelto a regañadientes a Alina y pongo agua de por medio entre nosotros. No es suficiente para calmar la fuerte atracción que siento hacia ella, pero tendrá que bastar. Estas aguas podrían albergar tiburones y, aunque no es probable que nos molesten, me niego a permanecer a más de un metro de ella cuando existe la más mínima posibilidad de peligro.

—Yo… —Se humedece los labios sin dejar de mover los brazos para mantenerse a flote—. Voy a nadar un poco, ¿vale?

Sin esperar mi respuesta, da la vuelta y pone rumbo hacia el yate con brazadas decididas, aunque ineficientes. Decido seguirla de cerca y damos un par de vueltas alrededor del barco, tras las cuales es obvio que le falta el aliento.

—Creo que por ahora es suficiente —dice, al mismo tiempo que alcanza la escalera—. Sigue nadando. Te veo luego.

Y, sin más, sale del agua en una tentadora exhibición de curvas y piel mojada y radiante.

Mierda. Se me ha vuelto a poner dura.

Estoy a punto de ir tras ella, pero cuando desaparece de mi campo de visión decido que un par de vueltas más alrededor del barco probablemente sea la mejor opción para calmar el fuego que arde dentro de mí. Seguramente se esté duchando y si la veo de ese modo ahora mismo, soy capaz de faltar a mi palabra y poseerla.

—Deberías enseñarle a nadar mejor.

Me doy la vuelta hacia Ruslan, que flota a mi lado.

—Por supuesto que lo haré.

De hecho, ese es mi objetivo para las próximas semanas. Mi Alinyonok es una nadadora pasable, siendo generosos. Es algo que ya sabía gracias a haberla observado durante algunas de sus vacaciones en la playa, pero entonces su falta de técnica no importaba. Ahora sí. Puede que permanezcamos en mar abierto durante un tiempo y necesito estar seguro de que será capaz de ponerse a salvo a nado si, a pesar de mi vigilancia, se cae por la borda.

Mi hermano me mira con curiosidad.

—¿No te preocupa que intente escapar?

—Lo intentará de todas formas.

—Joder. —Ruslan salpica pequeñas gotas en torno a él al dejar escapar un suspiro—. Lyosha, estás seguro…

—Sé lo que hago. —El tono de mi voz es claro y tajante. Hemos tenido esta discusión media docena de veces y no voy a echarme atrás cuando estoy tan cerca de conseguir todo lo que quiero.

Una expresión demasiado parecida a la compasión se instaura en el rostro de mi hermano.

—¿En serio?

—Sí —respondo con convicción. No espero su respuesta, me alejo nadando con brazadas frenéticas.

Capítulo 10

Alina

Mi corazón sigue latiendo a mil por hora. No por el esfuerzo físico que supone nadar, sino porque no puedo dejar de pensar en Alexei y en las estúpidas e ilógicas reacciones que tengo cuando él está cerca. Pero aún es peor. Empiezo a sospechar que él no concibe el acuerdo que hicimos esta mañana de la misma forma que yo. Esperaba que no me tocara en absoluto, pero sus palabras exactas fueron que no me follaría; y teniendo en cuenta cómo se ha estado comportando desde de la boda, sin duda hoy no es un día de «no tocar».

Mientras intento calmarme, me seco el pelo, vuelvo a maquillarme —después de aplicar una capa generosa de protector solar para evitar otro calvario a manos de Alexei— y me visto. Ojalá tuviera algo con lo que pudiera ocupar mi mente, como un buen videojuego, pero no he encontrado nada parecido en el camarote. Aun así, soy reacia a volver a cubierta y estar cara a cara con Alexei y su hermano otra vez. Ambos hombres me incomodan, aunque por diferentes razones.

Me acerco a la cama y me siento. Pienso en lo que Ruslan empezó a decir antes de que Alexei le interrumpiera; algo sobre dejarnos solos para nuestra «luna de miel». Lo que insinúa que el hermano de Alexei se marchará pronto. ¿Significa que atracaremos en algún sitio para que baje del barco? ¿O vendrá un helicóptero a por él?

Sea como sea, significa que estaremos cerca de tierra firme, donde lo más probable es que Alexei intente contactar con un médico.

Sofoco el pequeño brote de esperanza que intenta florecer en mi pecho tan pronto como aparece. Alexei no es tan ingenuo como para darme la oportunidad de escapar tan rápido, no después de todo lo que ha hecho para traerme aquí. Pero, aun así... ¿y si...?

La puerta del camarote se abre y entra Alexei con el bañador empapado y sus potentes músculos flexionados bajo la piel tatuada y moteada con gotitas de agua. Parece que acaba de salir del agua y ha venido aquí directamente; algo que, por alguna razón, no esperaba.

Carraspeo y cruzo las piernas con tanta indiferencia como puedo para intentar proyectar la imagen de princesa del hielo, distante e inalterable. No es fácil. La visión de Alexei semidesnudo es digna de contemplar, pero Alexei semidesnudo y empapado es de lo que están hechos mis sueños eróticos más perversos. Se me acelera la respiración y se me contraen los músculos como para recordarme que estoy dolorida y que el agua salada no lo ha mejorado.

—¿Vas a ducharte aquí? —consigo preguntarle en un tono de voz más o menos normal.

Arquea una oscura ceja con socarronería.

—¿Y por qué no?

—¿No tienes otro camarote? ¿En el que tienes la ropa?

—Ese es mi despacho —responde, lo que confirma mis sospechas—. Mi ropa solo está ahí de manera provisional. Mi asistente no tuvo en cuenta las limitaciones de espacio y se excedió con tu ropa, así que no dejó espacio para mí en este armario. Ya le he pedido a Vika que pase algo de tu ropa al otro camarote y algo de la mía aquí para arreglar esta situación. —Cruza la habitación y se detiene al lado de la cama. Después de agachar la mirada para observarme, afirma—: Tú la ayudarás.

Lo miro con cara de pocos amigos y me levanto. Es un error, pues la acción nos deja tan cerca que su cuerpo casi roza el mío. Aun así, todavía tengo que estirar el cuello para devolverle la mirada. A pesar de todo, me niego a que me intimide.

—¿Por qué haría eso?

Definitivamente, no quiero sus cosas aquí.

—Porque, de lo contrario, acabarás con ropa que no te gusta en el armario más práctico y viceversa —responde con una lógica aplastante.

—Como si me importara. Odio toda esta ropa.

Lo cierto es que no he tenido la oportunidad de revisar la mayoría y la que he visto hasta ahora es exactamente de mi estilo, pero no pienso admitir eso delante de él.

—En ese caso, seré yo quien ayude a Vika.

Esboza una sonrisa burlona y levanta la mano para pasarme un mechón de pelo por detrás de la oreja y después deslizar sus nudillos hasta la mandíbula.

—¿Sabes? Hay ciertas prendas con las que preferiría verte más a menudo… Como bikinis y lencería. O puede que sin nada.

Le aparto la mano antes de que alcance la clavícula.

—En ese caso, ¿por qué me has comprado un armario lleno de conjuntos de diseño?

—Porque quería que estuvieras cómoda y te sintieras como en casa. Pero si de todas formas no te gusta nada… —Se encoge de hombros y salpica pequeñas gotas en mi dirección.

Resisto el perverso deseo de lamer las gotas que quedan en su pecho. En vez de eso, doy un paso atrás para poner más distancia entre los dos y con toda la frialdad de la que soy capaz, digo:

—Estás salpicando agua por todas partes como un perro mojado.

No parece ofendido. Sus ojos de ónice brillan de diversión y eleva una de las comisuras de los labios en una clara sonrisa de suficiencia.

—¿Quieres secarme y ayudarme a vestirme?

—Paso —digo, e inmediatamente después me odio por lo débil que suena la palabra cuando sale de mi boca. Pese a que la habitación está prácticamente helada, gracias al aire frío que expulsa el aire acondicionado por los conductos de ventilación, me siento sonrojada, demasiado caliente... y estoy segura de quién es el culpable.

No he tenido ocasión de examinar de cerca los tatuajes de Alexei, así que ahora no puedo evitar echar un vistazo a su piel tatuada. Los tatuajes que decoran su pecho y sus brazos son puras obras de arte. Cada motivo fluye con delicadeza hacia el siguiente. Muchos de los tatuajes individuales son dragones, con detalles tan minuciosos y dibujados de manera tan realista que parece que vayan a escupir fuego en cualquier momento. Con cada movimiento de los músculos de sus hombros se mueven las alas de uno de los dragones, como si estuviera a punto de alzar el vuelo y...

—¿Te gusta lo que ves? —pregunta Alexei. En cada sílaba que pronuncia se imprime un matiz de siniestro disfrute y me sonrojo cada vez más.

Me obligo a mirarle a la cara y le pregunto:

—¿Por qué dragones?

No tiene sentido hacer como si no le hubiera estado observando.

—Por ningún motivo en concreto —responde—. Me gusta cómo los dibuja el artista, nada más.

¿Así de simple? Lo dudo.

—¿Por qué tanta tinta en general?

En nuestros círculos de Moscú, incluso entre la gente de mi generación, los tatuajes todavía son un tema tabú y, en particular, los más llamativos y visibles como los de Alexei. Se asocian con frecuencia a la cárcel y los campos de trabajo forzado y, aunque las prácticas empresariales de los rusos más adinerados se encuentran a menudo fuera de lo legal, no les gusta considerarse criminales. Sé que a mi padre no le gustaba.

Alexei deja entrever sus blancos dientes en una mueca mordaz y amenazante.

—¿Tú qué crees, preciosa? Necesitaba algo para sacarme de la cabeza que no podía tenerte.

Se me corta la respiración y se intensifica mi rubor; ahora el calor se extiende por el cuello hasta el pecho. Quiero huir y esconderme de la intensidad abrasadora de su mirada, pero mis pies están pegados al suelo y cualquier intento de respuesta queda frustrado en mi garganta. Cuando por fin consigo hablar, mi voz suena forzada.

—Podrías haber tenido a cualquiera.

—Sí, así es. —Se acerca a mí y estrecha mis manos en las suyas, las sostiene con firmeza a sus costados y con una voz grave y áspera, añade—: No quería a nadie más, Alinyonok. Nunca he deseado a nadie como te deseo a ti. Para mí no se trata solo de sexo. Quiero abrazarte, cuidarte, protegerte… —Sus ojos irradian un fervor oscuro—. Quiero hacerte feliz.

Una presión cálida y punzante se acumula tras mis párpados y un extraño nudo se asienta en mi garganta. Para mi sorpresa, me doy cuenta de que estoy a punto de llorar; y no es por miedo o rabia. La obsesión de Alexei conmigo durante una década es aterradora, del todo indeseada, pero también es... joder. Parpadeo varias veces para evitar que se derramen las lágrimas que se me acumulan en los ojos y me fastidien el maquillaje una vez más al resbalar por las mejillas.

Y, entonces, empeora. Le miro mientras sucede y él se da cuenta; cómo me afecta su confesión, la forma en que sus palabras me provocan sentimientos contra toda lógica, en contra del sentido común. Le odio, de verdad, y, a pesar de eso, hay una pequeña y deseosa parte de mí que no puede evitar desear lo que me ofrece, que está tentada a morder el anzuelo, aunque sabe lo que me espera si lo hago.

—Alinyonok... —Se le suaviza la voz, se vuelve más amable, a pesar del fuego intimidante que arde en sus ojos. Despacio, como si le diera miedo asustarme, agacha la cabeza hasta que sus labios se ciernen sobre mi oreja. Sintiendo su cálida respiración sobre la piel, susurra—: Danos una oportunidad. Funcionará, te lo prometo.

Y, antes de que pueda alejarme, posa los labios sobre los húmedos regueros de mis mejillas, enjugando las lágrimas, mientras tira de los hilos que ha atado a mí como el maestro titiritero que es.

CAPÍTULO 11

ALEXEI

Ha habido un cambio, algo ha pasado entre nosotros. Lo noto.

Ya no rehúye mis labios cuando se acercan a su mejilla. No se tensa, no intenta evitarme cuando le agarro las manos para acercarla hacia mí, hasta que su vestido roza mi piel ya húmeda y su vientre plano acoge mi dura erección. Puedo saborear sus lágrimas saladas, eso me la pone muy dura, pero casi tiemblo por las ganas que tengo de empujarla hacia la cama, de arrancarle esa ropa interior tan delicada y hundirme en lo más profundo de su suave y húmedo calor.

Pero lo prometí. Se lo prometí, joder.

Decido poner en práctica todas las técnicas de autocontrol que he conseguido dominar durante los años y llevo los labios hasta su mandíbula deshaciéndome así de esas lágrimas exquisitas. Cierra los ojos y noto cómo tiembla mientras me acerco a su boca, a esos rojos labios aterciopelados, esos que llevan una década volviéndome loco. Lo que pasa es que no la voy a besar ahí; mi objetivo es la otra mejilla, necesito más de sus saladas y deliciosas lágrimas, son las que me confirmarán que estoy llegando a ella, que por fin está escuchando lo que le digo.

Mueve las pestañas cuando rozo los labios sobre sus párpados cerrados y noto algo en mi interior: una extraña y potente sensación que compite y se suma a la lujuria que me arde por las venas, al hambre sin límites que siento por ella. Le he dicho la verdad, que quiero hacerla feliz y darle todo lo que ha querido siempre, pero también quiero que me pertenezca, quiero devorarla, doblegar su oposición contra mí hasta que admita que es mía y que siempre será mía.

Temblando por la fuerza del deseo que siento, llevo las manos a su cara, acunando así sus mejillas entre las palmas. Cuando abre los párpados, que revelan sus ojos verde jade, deslizo los labios sobre los suyos, bebiéndola, deleitándome con su sabor, su tacto, su exuberante sensualidad. Nunca ha sido capaz de ocultar su reacción física ante mí, y ahora no es una excepción. Cuando le paso la lengua por los labios, ella los separa y me deja entrar en los suaves y calientes recovecos de su boca. Su lengua se enreda con la mía, al principio suavemente, como la tierna caricia de una mariposa, luego con más decisión, hambrienta de mí. Gimo, profundizando el beso, y ella aprieta el cuerpo contra el mío mientras con las manos se aferra a mis costados.

En esto, por lo menos en esto, coincidimos.

Ella me desea. No puede resistirse.

Aunque, de repente, me doy cuenta de que está forcejeando, ha colocado las manos entre nosotros e intenta apartarme clavándome los dientecillos afilados en el labio inferior. El pinchacito de dolor es desconcertante, siento como si me arañara de repente un gatito mimoso. Me echo hacia atrás mientras le echo una mirada incrédula, ella me empuja con más fuerza, liberándose y retrocediendo a trompicones.

—¡Me lo prometiste! —Me mira fijamente mientras en sus largas pestañas las lágrimas brillan como gotas de lluvia y le tiemblan los labios a la vez que retrocede —. Alexei, ¡lo prometiste!

La ira se apodera de mí acompañada del amargo escozor de la traición. Carece de lógica, lo sé, pero hace unos instantes parecía que estábamos de acuerdo y que por fin habíamos superado todos los obstáculos innecesarios que ella había creado en su cabeza. Y aquí estamos de nuevo: ella me obliga a cumplir una promesa que nunca debí hacer. Una promesa que no tenía intención de romper.

—Dije que no te follaría, pero tampoco prometí no hacer nada más.

Mis palabras son duras y mi tono se mantiene gélido incluso cuando el fuego ruge en mi interior; siento una mezcla de furia y lujuria que me hace olvidar la paciencia y la razón.

Llevo once años esperando, pensando constantemente en ella, soñando cómo sería todo cuando por fin fuera mía... y ella sigue jugando, sigue negándose a admitir la verdad.

Levanta la barbilla con valentía; se crece porque nos separan unos cuantos pasos de distancia.

—Ahora jugamos con la semántica... —se mofa—. Supongo que los tratos con el diablo requieren unas palabras muy precisas.

—Ni te lo imaginas —digo tras esbozar una sonrisa falsa.

Nos recorremos el uno al otro con una mirada tensa y las emociones a flor de piel. La distancia que nos separa es más que física. Noto que sus muros se alzan y las defensas vuelven a su sitio. Donde hace un momento solo había ternura, ahora hay ira. Tanto por su parte como por la mía. Estar tan cerca de lo que quiero —que ella ceda y admita sus sentimientos— no ha hecho más que sacar a relucir lo lejos que sigue estando mi objetivo final. Supongo que una parte ingenua de mí estaba convencida de que, si alguna vez teníamos la oportunidad de relacionarnos durante un cierto periodo de tiempo, ella vería lo que para mí ha sido obvio desde siempre: lo ideales que somos el uno para el otro. Pero no está resultando ser así ni por asomo.

Aunque soy su marido, sigue viéndome como su enemigo, todavía piensa resistirse a mí con todas sus fuerzas..., y a mí se me está acabando la paciencia.

Y creo que se me nota en la cara, porque se ha

puesto pálida, ha retrocedido otro paso y, de repente, algo dentro de mí estalla.

—A la mierda —gruño, y, en tres zancadas grandes, la estrecho entre mis brazos.

Capítulo 12

Alexei

Hubo un tiempo en el que desconocía que la lujuria podía doler, que el deseo podía ser doloroso. Para mi decimocuarto cumpleaños, mi padre le pagó a una prostituta de lujo para que me desvirgara y, durante los siguientes años, el sexo se convirtió en mi capricho casi diario. Me gustaban las mujeres mayores, experimentadas y que fueran muy hábiles en la cama. Eran modelos, actrices, famosas..., todas orbitaban en torno al poder y la riqueza de los Leonov. Podía follarme a una mujer distinta cada noche, y, a menudo lo hacía. Las chicas de mi edad me aburrían, así que ni me molestaba en tener citas, ¿para qué iba a hacerlo si podía follar sin esfuerzo ni compromiso alguno? Si la simple mención de mi apellido bastaba para follar en cualquier momento y lugar.

Mi yo adolescente no podía haber imaginado que pronto querría a una mujer y solo a una mujer. En concreto, a una chica demasiado joven, y más tarde, frágil y traumatizada, que no podría permitirme tener.

Hasta ahora.

Se revuelve en mis brazos cuando la llevo a la cama, pero hago caso omiso de sus forcejeos. Inclino la cabeza y atrapo sus labios con los míos. Intenta girar la cabeza hacia un lado y apartarme presionando las palmas de las manos contra mis hombros, pero no se lo permito.

Ya basta. Se acabaron los jueguecitos.

Separa los labios ante la presión de mis besos hambrientos, con las manos me agarra instintivamente por los hombros mientras le meto la lengua hasta el fondo, avivando las llamas que sé que arden en ella. Y en mí.

Joder..., estoy que ardo por ella.

La polla se me pone dolorosamente dura dentro del bañador y la tela me molesta de repente. Gruño de la frustración que siento, la tumbo en la cama y me incorporo para desvestirme.

Se echa hacia atrás, jadeante, con esos ojos verdes muy abiertos.

—Alexei, por favor... —dice temblorosa—. Por favor, no... —añade con la voz entrecortada cuando me bajo el bañador e instantes después, me lo quito de una patada.

Respiro mientras el aire fresco inunda mi polla hinchada, lo que alivia un poco la violenta necesidad que siento en mi interior. Lo único que quiero es separarle las piernas de un tirón y sumergirme en su húmedo calor, pero eso no es lo que vamos a hacer hoy.

La sujeto por los tobillos y la arrastro hacia mí mientras ignoro sus forcejeos inútiles. Mantengo agarrado un tobillo y evito que me dé una patada con el otro pie, aprovecho para subirle la falda del vestido, así me doy la oportunidad de contemplar la zona inferior de su cuerpo. Su ropa interior es un trozo de encaje negro que no es rival para mis dedos impacientes. Un tirón rápido y se une a mi bañador en el suelo, mientras disfruto al ver sus suaves pliegues rosados, que ya brillan dándome la pista de su excitación, a pesar de que ella sigue intentando darme patadas, fingiendo que no lo desea.

—Quédate quieta —gruño, agarrándola por las rodillas para mantenerla en su sitio y me arrodillo en la cama—. Si no lo haces, romperé mi puta promesa.

No sé muy bien lo que digo, pero, debe de ser eficaz porque deja de forcejear y se queda inmóvil, respirando de forma entrecortada mientras engancho las manos en sus corvas y le paso las piernas por encima de mis hombros, levantando así de la cama toda la parte inferior de su cuerpo. Entonces, con su coño convenientemente cerca de mi cara, empiezo el festín.

Grita y cierra los ojos mientras arrastro la lengua por sus pliegues, absorbiendo cada gotita de esencia que encuentro. Su sabor dulce, sutilmente almizclado y tan femenino me vuelve loco. La devoro como un poseso, como el animal hambriento que soy. Llevo años soñando con esto, con su sabor en mis labios, su aroma en las fosas nasales, sus gemidos de placer en mis oídos, y por fin hemos llegado. Quiero consumirla, devorarla, poseerla de todas las formas posibles. Quiero dominar su placer y su dolor, ocupar todos sus pensamientos igual que ella ocupa los míos.

Se agita entre mis manos, sus gritos son cada vez más fuertes, sus súplicas incoherentes se mezclan con gemidos desgarrados mientras chupo con fuerza su clítoris, provocando que más de sus deliciosos efluvios se derrame sobre mi lengua. Está a punto, lo noto, así que voy más despacio, la mantengo al límite hasta que se estremece y jadea, mi nombre se convierte en una plegaria en sus labios.

—Alexei, por favor, Alexei, uf… ¡Dios mío!

Me recorre una oscura satisfacción, incluso cuando mi propio cuerpo se estremece de necesidad insatisfecha. En este momento, soy su dios, lo soy todo para ella y no puede negarlo. No puede apartarme y decir que me odia cuando tiene las piernas tan apretadas sobre mi cuello que apenas puedo respirar. No puede luchar contra mí cuando provoco que se retuerza así, está desesperada por el alivio que solo yo puedo proporcionarle.

Siento la tentación de torturarla más tiempo, de hacerle pagar por el suplicio que me ha hecho pasar, pero mi propia hambre es demasiado poderosa para resistirme. Succiono con fuerza y ritmo unas cuantas veces más, la llevo al borde del abismo y, mientras jadea y se estremece, lamo esas réplicas del placer que la invaden y la vuelvo a tumbar en la cama.

Abre los ojos, con las pupilas aún desenfocadas, mientras le quito por encima de la cabeza el vestido de un tirón y lo arrojo a un lado. Mientras contemplo sus pechos pálidos y redondos y sus pezones rosados y duros, una parte de mí se da cuenta de que no llevaba sujetador; estas vistas me hacen la boca agua y se me pone más dura, si eso es posible. El deseo que me recorre el cuerpo es crudo y salvaje, violento en su intensidad, necesito hacer acopio de fuerzas para agarrarla de forma suave por los hombros y ponerla de rodillas frente a mí. Parpadea, confundida, y yo le enredo la mano en el pelo, echándole la cabeza hacia atrás. Entonces lo entiende. Abre mucho los ojos cuando dirijo mi polla hinchada hacia sus labios entreabiertos y, antes de que pueda resistirse, le introduzco la punta.

Al sentir su boca caliente y húmeda, los restos de mi autocontrol se desmoronan, empujo las caderas hacia delante y le introduzco la mitad de la vega en la boca. Se atraganta y balbucea, así que retrocedo para dejarla respirar y vuelvo a empujar, más hondo, hasta que le noto el fondo de la garganta. Ella forcejea y se le inundan los ojos de lágrimas mientras me empuja la cadera con una mano, pero yo ya no puedo contenerme, ya no puedo parar y empiezo a follarle la boca. Diez años atrás, esos labios rojos y brillantes se han burlado de mí, me prometían todo tipo de placeres pecaminosos, y lo han cumplido con creces. Mi hermosura no es experta en chuparla, ni mucho menos, pero esta es la mejor mamada que me han hecho en la vida, su inocencia es afrodisíaca.

Soy el único hombre que sabe qué aspecto tiene mientras se atraganta con mi polla, mi esencia primitiva se deleita con ello.

Mientras le sujeto el pelo con fuerza, le follo la boca como me muero por follarle el coño: duro y rápido, sin contenerme. Sé que debería ser más suave, iniciarla lentamente, pero algo oscuro y primario se ha liberado dentro de mí y se niega a volver a su jaula. Abuso de su boca sin piedad mientras le digo lo buena chica que es, lo mucho que me gusta follarle la garganta, lo bien que noto sus suaves y carnosos labios alrededor de mi polla, lo preciosa que está con el maquillaje difuminado por las lágrimas y la saliva.

Vuelve a ahogarse, su garganta se contrae alrededor de mi polla mientras se la meto hasta el fondo y sus ojos se vuelven desorbitados y asustados mientras me araña el costado, desesperada por respirar.

—No pasa nada, puedes hacerlo —susurro con voz ronca, casi sin saber lo que digo, mientras el orgasmo que se aproxima, caliente y eléctrico, me aprieta las pelotas y me pone la carne de gallina—. Eso es, ¡esa es mi niña, joder!

Me corro tan fuerte que mi visión se tiñe de negro y rojo, el éxtasis abrasador recorre cada célula de mi cuerpo mientras chorros de esperma brotan de mi polla y se vierten profundamente en su garganta. El placer agonizante no cesa y, cuando por fin estoy agotado, me retiro de mala gana de su garganta y dejo que se desplome sobre la cama, jadeando.

Sigue temblando y respira entre jadeos erráticos cuando me tumbo a su lado y la estrecho entre mis brazos, apretando su cara contra mi pecho. He sido demasiado brusco, lo sé, y una parte de mí está horrorizada por lo que he hecho. Pero otra parte, más grande, se deleita en la forma en que se aferra a mí ahora, necesitando consuelo, necesitándome a mí, aunque yo sea el causante de su angustia.

Quizá tenía razón ayer, cuando le dije que no quería hacerle daño y me llamó mentiroso. No quiero hacerle daño —no es mi intención—, pero no puedo negar que hay una parte de mí que está dispuesta a destruir su oposición por todos los medios.

Esa parte no se detendrá ante nada para hacerla mía.

La acerco más hacia mí y le acaricio la espalda hasta que su respiración se estabiliza y su cuerpo se ablanda contra el mío..., hasta que el monstruo que llevo dentro, recién descubierto, se apacigua de nuevo, contento con abrazarla y esperar a que pueda surgir de nuevo.

CAPÍTULO 13

ALINA

Debo de haberme quedado dormida abrazando a Alexei, porque cuando abro los ojos y giro la cabeza, el sol entra en el camarote desde un ángulo muy distinto. Trago saliva y noto la crudeza de la garganta irritada, con el regusto almizcleño del semen en la boca. Con cuidado, me echo para atrás y miro la cara de Alexei. Tiene los ojos cerrados y los labios algo separados mientras su pecho vigoroso sube y baja con una respiración uniforme.

Está dormido.

Mi *marido* está dormido.

Se me revuelve el estómago solo de pensarlo y un rubor abrasador me sube por las mejillas al darme cuenta de que los dos estamos desnudos, con las piernas enredadas y mi piel casi pegada a la suya. Y lo peor de todo, que recuerdo con todo lujo de detalles lo que ocurrió justo antes de quedarnos dormidos: la forma en la que me proporcionó un placer incandescente, para luego disfrutar del suyo sin piedad, tratándome mientras tanto como a una muñeca sexual. Y a mí... pues no me disgustaba del todo.

Bueno, ¿qué estoy diciendo? Sí que lo odié. Odié cada minuto de aquella mamada forzada, exceptuando el final, cuando me abrazó y me sentí ligera y flotando, como si estuviera drogada. Y es posible que tampoco odiara cuando me miró fijamente con esos ojos oscuros de demonio y me elogió, con su voz profunda y aterciopelada que se deslizaba en mis oídos como una caricia, haciendo así que la violación de mi boca no fuera lo que se dice placentera, pero por lo menos tolerable.

Mierda. Creo que no lo odié del todo.

Cierro los ojos, respiro de forma lenta y profunda y miro a mi marido con los ojos entrecerrados. Cuando duermen, la mayoría de los hombres parecen relajados y un poco infantiles, pero no es el caso de Alexei. Sus rasgos siguen siendo duros y angulosos, la línea de su mandíbula parece tallada por los dioses como de costumbre. Ni siquiera sus pestañas rizadas y tupidas suavizan su aspecto, en todo caso, acentúan los bordes afilados de sus pómulos.

Tiene un aspecto salvaje y peligroso... tan peligroso como él.

Me planteo la posibilidad de zafarme de sus brazos con cuidado y luego escabullirme, esconderme en algún lugar durante las próximas horas. Pero ¿dónde? El yate no es tan grande. En cuanto se despierte, me encontrará; eso si es que consigo salir sin despertarle.

Antes de que pueda tomar una decisión, su respiración se altera y sus pestañas se abren revelando así los oscuros e hipnóticos ojos, que no parecen somnolientos ni desenfocados en absoluto. ¿Es que no estaba dormido? ¿O siempre pasa del sueño a la vigilia en una fracción de segundo, como si fuera un robot futurista?

Sea lo que sea, está despierto y me mira fijamente, lo que anula cualquiera de mis ideas de huir o esconderme.

Trago saliva de nuevo, mientras noto el sabor en lo más profundo de mi garganta, el ardor se me extiende por el cuello y el pecho cuando una curva oscura y sensual aparece en su sonrisa.

—¿Te has echado una buena siesta, preciosa? —me pregunta con voz somnolienta, mientras levanta la mano para apartarme el pelo, que parece un nido de ratas, caigo en la cuenta avergonzada.

En general, ahora mismo estoy lejos de ser la viva imagen de la belleza, con el maquillaje medio emborronado y el aliento oliendo a semen.

—Perdona —digo con voz forzada, metiendo las manos entre nuestros cuerpos para poder empujarle los hombros—, necesito ir al baño.

—Enseguida vas —dice con los ojos brillantes y, antes de que pueda reaccionar, me mete la mano en el pelo y me besa. Con hambre y profundidad, como si hubieran pasado años desde la última vez que sació su lujuria en vez de hace apenas unas horas.

Como si yo fuera la mujer más sexy del mundo en lugar del desastre que soy.

Sin poder evitarlo, cedo al beso, mi vergüenza no es rival para la excitación que me recorre por dentro. Me olvido de la necesidad de lavarme los dientes y la cara, del matrimonio que no quiero y del marido que me ha obligado a casarme. Solo quiero más, y cuando por fin se separa, parpadeo, estúpidamente decepcionada.

—Vete —dice, soltándome para sentarse y bajar los pies de la cama. Su voz es más ronca que antes mientras se pasa la mano por la cara, sin mirarme—. Todavía tienes que ir al baño, ¿no?

Ah, vale. Mientras lucho otra vez contra el sonrojo de las mejillas, salto de la cama, cojo un albornoz y me lo pongo mientras me dirijo al destino que decía que necesitaba ir. Y vaya si lo necesito, me doy cuenta en cuanto me veo en el espejo. El hecho de que quiera besarme con este aspecto es increíble. Con restos oscuros de rímel en las mejillas, el pintalabios corrido y el pelo enmarañado en algunas zonas, parezco una prostituta después de una noche larga. Que, en cierto modo, es lo que soy.

Alexei pagó un precio, derramando sangre y segando vidas, por tener sexo conmigo. Porque en el fondo, eso es en lo que consiste este matrimonio: él tiene mi cuerpo, como y cuando quiera. Y yo ni siquiera puedo oponerme con decencia.

Asqueada, aparto la mirada del espejo y cojo el cepillo de dientes. ¿Por qué no puedo ser más fuerte ante él? ¿Seguiría queriendo estar conmigo si tuviera que meterme a la fuerza en la cama todas las veces? ¿Y si el contacto de sus manos manchadas de sangre me dejara paralizada, como debería ser?

Furiosa, me froto los dientes y escupo el dentífrico. Me odio. De verdad. ¿Por qué me importa mi aspecto cuando estoy con él? En todo caso, debería hacer todo lo posible para repelerlo, para que no pudiera soportar tocarme, ya que parece que no puedo resistirme a que lo haga. Esta necesidad de acicalarme y hacer que me desee más no tiene sentido en mi situación, pero no puedo evitar que mis manos busquen el cepillo del pelo y abran los cajones llenos de maquillaje de mis marcas preferidas.

Sin todo esto, me siento desnuda. Más desnuda que cuando estoy sin ropa.

Unos minutos después, mi cara y mi pelo vuelven a la normalidad y me siento un poco mejor. Parece que tengo un poco más el control, aunque en realidad esté autoengañándome. No tengo ningún control de la situación, ni voz ni voto en nada de lo que me pasa. Alexei es el que toma todas las decisiones, por muchos tratos que intente hacer.

Un golpe en la puerta del baño me saca de mis pensamientos.

—¿Alinyonok?

Mi corazón se acelera al oír el apodo que me ha puesto, pronunciado con su voz grave y áspera.

—¿Sí? —exclamo, apretándome aún más el cinturón de la bata.

—La cena está lista —dice—. Vístete y nos vemos en la terraza.

¿La cena? ¿Cuánto tiempo llevo dormida? Todavía no he visto ningún reloj, así que no sé qué hora es. En general, no tengo ni idea de cuánto tiempo ha pasado desde que me arrebató de mi familia. ¿Dos días? ¿Más? A estas alturas, mis hermanos deben de estar como locos desplegando todos los recursos a su alcance para localizarnos.

Noto un dolor punzante en la parte posterior del cráneo, una presión como si un tornillo me apretara las sienes. Hago una mueca de dolor y el miedo me recorre el cuerpo. Es el inicio de una migraña, una de las peores, no es la cefalea tensional que amenazaba con aparecer esta mañana antes del desayuno. Reconozco su comienzo traicionero y no puedo evitar preguntarme por qué me da ahora y no ayer o antes de la boda, cuando estaba, se mire por donde se mire, más preocupada por mi destino, que no es que ahora no lo esté. En todo caso, lo que ocurrió después del baño me ha demostrado que el embarazo no es lo único que hay que temer en la cama de Alexei, un lugar donde por supuesto acabaré tras esta cena.

—¿Alina? —su voz adquiere un tono distinto—. ¿Estás bien?

Parece preocupado. De alguna forma, sabe que algo va mal.

—¿Alina? —dice mientras sacude frenético el picaporte de la puerta—. Contéstame.

Salgo de la especie de parálisis en la que me

109

encontraba y me acerco a la puerta para abrirla antes de que decida echarla abajo.

—Estoy bien —digo, abriendo la puerta de un tirón. Las ganas de vomitar desmienten mis palabras mientras el dolor en el cráneo se intensifica con el movimiento brusco.

Me agarra de los brazos; sus ojos oscuros me taladran.

—Estás pálida.

¿Lo nota con la cantidad de maquillaje que llevo? No debo de haberlo hecho tan bien como pensaba.

—Estoy... —digo, y trago saliva para luchar contra las ganas de vomitar que vuelvo a tener—. Me está dando uno de esos dolores de cabeza que me dan, eso es lo que pasa.

—Entonces tienes que tumbarte —dice en voz baja pero tajante.

Antes de que pueda protestar con que no quiero volver a la cama, me levanta de nuevo y me lleva allí. Me tumba en la manta con mucho cuidado, como si mis huesos fueran de cristal, después se acerca a la puerta y sale al pasillo.

Solo cuando se ha ido me doy cuenta de que ha salido del camarote desnudo por completo.

CAPÍTULO 14

ALEXEI

—¿¡Qué cojones...!? —exclama Ruslan cuando irrumpo en mi despacho y abro de un tirón el primer cajón del escritorio, donde está sentado con su portátil—. ¿Te has olvidado algo...? ¿Unos pantalones?

—Necesito la medicina de Alina —digo de forma concisa mientras cojo las pastillas y una botella de agua—. Y que Vika le haga ese vudú con agujas. Dile que traiga lo que necesite a nuestro camarote.

Mientras hablo, me dirijo al armario, donde cojo el primer par de vaqueros que encuentro, aunque solo sea para hacer que mi hermano se calle.

El tono de Ruslan se vuelve serio.

—¿Alina tiene uno de sus dolores de cabeza?

—Sí.

Y no lo estaba fingiendo. Tenía ese tono pálido y un

111

pelín verdoso que recuerdo de la fiesta de su decimoctavo cumpleaños.

—Joder —añade Ruslan y se pone de pie—, qué putada. Esperaba que...

—Ya, yo también.

Salgo del despacho y vuelvo al camarote donde he dejado a Alina. A lo largo de los años, he consultado a muchos médicos sobre su enfermedad, pero no me podían decir gran cosa sin poder ver a la paciente en persona y hacerle un montón de pruebas, pese a que les envié todos los historiales médicos a los que pude acceder. Esos historiales eran bastante escasos. Solo acudió a un par de médicos distintos para tratar sus migrañas y, sobre todo, fue para que le dieran unos analgésicos que luego la dejan hecha polvo.

Es como si le diera igual lo de ponerse mejor.

Pero a mí no me da igual. La quiero sana y en buen estado, y haré lo que haga falta para conseguirlo. El frasco de pastillas que tengo en la mano es el medicamento contra la migraña más potente del mercado, me lo ha dado el mejor neurólogo de Moscú. Cuando lleguemos a casa, la llevaré con él para que la evalúe a fondo, pero mientras tanto, esto quiero evitarle los dolores más intensos. No creo que haya tomado este medicamento antes; según su historial, nunca se lo han recetado de manera oficial. Y, además, siempre tenemos a Vika.

Hablando de la reina de Roma; oigo los pasos rápidos de mi cocinera, me giro y la veo corriendo por

112

el pasillo hacia mí, con una gran bolsa negra tipo maletín en las manos.

—¿Estás lista? —le pregunto.

Ella asiente con los ojos oscuros y serios.

—Sí, vamos allá.

Abro la puerta del camarote y entro con Vika pisándome los talones. Alina está en la cama, vestida con una bata y con una toalla húmeda colocada sobre la frente. Me maldigo por no haberle dado yo una antes de irme. Es un error que no volveré a cometer.

Cruzo la habitación y dejo las pastillas y la botella de agua en la mesilla de noche antes de sentarme en el borde de la cama junto a mi mujer.

—¿Tan mal estás? —le pregunto en voz baja, tranquilizándola.

Sé por experiencia propia que los ruidos y los dolores de cabeza no se llevan bien; aunque los míos nunca han sido tan fuertes como los suyos.

Alina asiente de forma leve, con los labios apretados, y yo chasqueo los dedos en dirección a Vika, que va por el camarote bajando las persianas para tapar los rayos del sol de la tarde. Se acerca sin demora mientras le coloco dos pastillas en la palma de la mano.

—Trágatelas —le pido a Alina mientras le quito la toalla y le paso el brazo por la esbelta espalda para levantarla con cuidado y colocarla en una postura medio incorporada.

Parpadea como un búho.

—¿Qué son?

—Medicamentos para la migraña. Abre la boca.

Duda, pero entonces decide confiar en mí. Me obedece y abre la boca, le pongo las pastillas en la lengua antes de darle la botella de agua. Cuando se las ha tragado, la vuelvo a tumbar en la almohada y me giro para mirar a Vika, que ya ha abierto el maletín y tiene las agujas extendidas a los pies de la cama.

—¿Qué es eso? —pregunta Alina con cautela, levantándose sobre el codo para seguirme con la mirada.

—Vika fue especialista en acupuntura en su vida pasada —le digo—. Cree que puede ayudarte con tus migrañas.

—Me formé con los mejores médicos de China —dice Vika en voz baja, poniéndose a mi lado con las agujas en la mano—. Si me permites...

Alina me mira insegura.

—Sí, supongo...

—Deja que lo intente, va. No duele.

No creo en los meridianos, el chi y todas esas paparruchas, pero las agujas de Vika han hecho maravillas con mis dolores de cabeza por la tensión y las viejas heridas de mis hombros. No sé cuánto tiene que ver el efecto placebo, pero si funciona, funciona.

—Acuéstate y relájate —ruega Vika—. Ni lo notarás, te lo prometo.

Alina parece escéptica, pero obedece, y Vika se pone manos a la obra. Tras unos minutos, mi mujer parece un alfiletero, precioso, pero un alfiletero, al fin y al cabo. Se me encoge el pecho al verla hacer una mueca por lo que parece una punzada de dolor bastante fuerte en la cabeza. Estrecho su mano con la mía, acariciándole el interior de la muñeca con el pulgar para distraerla. Ojalá pudiera hacer más. Ojalá fuera yo el que estuviera ahí tendido sufriendo en lugar de ella. Ojalá...

—Ya está —murmura Vika, dando un paso atrás—. Espera unos minutos. No te muevas, ¿vale?

—Vale —masculla Alina, cerrando los ojos, y noto que deja de apretar la mano mientras sigo acariciándole la muñeca—. Vuelve pronto para quitármelos, por favor.

—Sí, por supuesto.

Con paso rápido, Vika sale y cierra la puerta con cuidado.

CAPÍTULO 15

ALINA

Ocurre despacio, de manera gradual, y, de repente, parece que todo pasa de golpe. Las náuseas desaparecen y el intenso martilleo de la cabeza se suaviza; el dolor punzante se va desvaneciendo hasta que se convierte en una leve tensión palpitante en las sienes. Y, durante todo este tiempo, siento su tacto: su mano, tan grande y cálida, el borde áspero y calloso de su pulgar trazando círculos sobre mi muñeca, lo que me calma, me relaja y aleja el dolor de alguna manera.

¿Es el tratamiento? ¿Las finísimas agujas que me han transformado en un puercoespín? O puede que solo sean sus caricias hipnóticas en la muñeca, que generan calidez en lo más profundo de mí y deshacen el nudo de ansiedad que tengo en el estómago. Me sobresalto al darme cuenta de que el nudo se formó cuando empecé a pensar en que mis hermanos nos estarían buscando.

—¿Te encuentras mejor? —me pregunta Alexei con suavidad y abro los ojos, agradecida por la interrupción. No quiero pensar en qué significa que la idea de ser rescatada me haya provocado esta migraña, ya que, en el pasado, el desencadenante siempre había sido el miedo a pertenecerle.

—Sí, mucho mejor —admito—, ¿cuánto tiempo ha pasado?

Sonríe y, por una vez, la curva cínica que se dibuja en sus labios contiene solo un leve placer.

—Unos diez minutos. Es demasiado pronto para que el tratamiento haya hecho efecto, así que las habilidades de Vika deben de haberse afinado. Literalmente.

«O tu toque es mágico».

Pero no se lo digo. No puedo. En cambio, suelto una risita débil por su juego de palabras y cierro los ojos, con la esperanza de que continúe acariciándome así la muñeca; y lo sigue haciendo. No pasa mucho tiempo hasta que el leve golpeteo que me quedaba del dolor de cabeza también se apaga y me empieza a entrar sueño.

—Se me ha olvidado decirte... que las pastillas te pueden dar sueño —murmura Alexei, moviendo el pulgar hacia abajo para masajearme la palma de la mano, y yo suspiro satisfecha al sentir cómo me quitan las agujas de la cabeza.

¿Ha vuelto Vika? Ni siquiera la he oído entrar. Puede que también haya aprendido algunas habilidades *ninja* en China junto con las de acupuntura. No, espera, eso es de Japón...

—————————————

ME DESPIERTO AL SENTIR SUS LABIOS CÁLIDOS SOBRE LOS párpados.

¿Es un sueño? Ojalá lo fuera...

—Es hora de desayunar, dormilona —oigo cómo murmura Alexei con su voz profunda en mis oídos y siento cómo su mejilla me raspa la mandíbula mientras me besa en la sien con delicadeza.

Entonces, no es un sueño. Al menos, no se parece a ninguno que haya tenido. Los sueños en los que aparece Alexei suelen ser mucho más oscuros... e infinitamente más eróticos. Abro los ojos a regañadientes y veo cómo mi marido se inclina hacia mí sonriendo con ternura.

Parpadeo en espera de que la curva de sus labios tome esa forma cruel y sarcástica tan familiar, pero la ternura sigue ahí, al igual que la calidez en sus ojos de ónice.

Me siento incapaz de sostenerle la mirada, así que la aparto y carraspeo:

—¿Has dicho desayuno?

—Ajá. —Me da otro beso suave y dulce en la frente haciendo que mi corazón lata de manera irregular—. Has dormido unas catorce horas y te has saltado la cena, así que quería asegurarme de que comieras algo antes de repetir lo de ayer. —Me sostiene la barbilla entre las manos, obligándome a mirarle a los ojos—. ¿Cómo te encuentras? ¿Te sigue doliendo la cabeza, tienes náuseas o te sientes mareada?

—Esto... no. —Me sorprende haber dormido tanto tiempo, pero, aparte de eso, me siento genial. Puede que incluso tenga un poco de hambre.

Me ruge el estómago de forma ruidosa como si estuviera respondiendo a ese pensamiento. Eso es que me muero de hambre, y de vergüenza, sobre todo al ver cómo Alexei sonríe ampliamente.

Me incorporo intentando no prestar atención al rubor que, sin lugar a dudas, me ha enrojecido el rostro.

—Desayunar estaría bien. Deja que me arregle.

—Vale. —Sigue sonriendo y se le forman arruguitas en los rabillos de sus ojos oscuros—. Nos vemos arriba dentro de un rato.

Me besa de nuevo en la frente y sale de la habitación.

———

HAGO MI RUTINA MATUTINA A UNA VELOCIDAD RÉCORD porque tengo hambre, no porque esté deseando ver a Alexei en forma alguna. Mientras me seco el pelo, me vuelvo a preguntar por qué me preocupo por estar guapa para un hombre al que no quiero parecerle atractiva, pero mis manos funcionan en piloto automático: me ponen el pintalabios y la máscara de pestañas, también el sujetador y el tanga de encaje a juego y sacan del armario un vestido azul cielo de seda y un par de sandalias de tacón de color carne.

Cuando salgo a la cubierta, Alexei está de pie, apoyado en el pasamanos de estribor, hablando con Ruslan. Al oír mis pasos, se gira para mirarme y, aunque le he visto hace menos de media hora, se me seca la boca por el impacto que me produce su presencia.

Esta mañana, se ha vuelto a poner su habitual ropa oscura: otra camiseta negra y unos vaqueros con lavado oscuro. La brisa le revuelve el pelo negro y el sol resalta los intrincados dibujos de los tatuajes que le cubren los fuertes brazos, lo que le hace parecer un pirata moderno, un adalid salvaje de los mares.

Estoy tan centrada en él que solo me percato de que su hermano también está aquí cuando ambos se acercan a mí y entra en mi visión periférica. El corazón se me desboca dentro del tórax y siento cómo me arde la cara a pesar de la gruesa capa de protector solar que me he puesto bajo el maquillaje. De la nada, mi mente me devuelve a lo que me hizo ayer en la cama y me recuerda que hoy no hay ningún trato que le impida coger lo que quiere.

Que le impida hacer lo que quiera conmigo.

Trago saliva con fuerza y hago todo lo posible por parecer tranquila cuando se para delante de mí, con Ruslan a su lado.

—Estás preciosa, Alinyonok —me dice mi marido con suavidad, sus ojos resplandecen, y aunque ya he oído millones de veces versiones de ese cumplido de boca de todo tipo de gente, una curiosa calidez me invade el pecho; es la misma sensación que he experimentado esta mañana en su presencia.

Esta calidez se confunde con y a su vez se diferencia del calor intenso que me invade cuando se inclina hacia mí y me da un beso posesivo en los labios.

—Parece que te encuentras mejor —dice Ruslan de manera hosca cuando Alexei se yergue y yo parpadeo al ser plenamente consciente, al fin, de que está presente.

—Sí, mucho mejor —respondo mientras le dirijo una sonrisa fría—. Gracias.

Me devuelve una sonrisa blanca y mordaz.

—Me alegro. ¿Ya podemos comer, por favor? Me muero de hambre.

Sin esperar respuesta, se dirige a la mesa situada bajo el saliente; Alexei y yo le seguimos. Mientras caminamos, Alexei posa su mano en la parte baja de mi espalda y un cálido cosquilleo, que intento ignorar con todas mis fuerzas, me recorre la espina dorsal.

En cuanto nos sentamos, Vika aparece con un carrito en el que hay todo tipo de platos. Yo escojo mi habitual *kasha* de trigo sarraceno con fruta, mientas que los hombres apilan en sus platos tortilla de langosta, gambas y verduras a la parrilla. Arrugo la nariz al verlos. Una comida tan abundante y salada a estas horas… a pesar del hambre que tengo, solo pensar en ello me revuelve el estómago.

—¿Qué ocurre? —pregunta Alexei fijando de inmediato sus ojos oscuros en mí. Es como si tuviera un sexto sentido en lo que a mí respecta.

—Nada —le respondo mientras bajo la cuchara—. Es solo que estoy un poco mareada, nada más. Puede que sea el efecto secundario de las pastillas de ayer.

—Puede —dice Alexei—. La próxima vez probaremos primero con las agujas de Vika. O, mejor aún, puede hacerte un tratamiento profiláctico para intentar prevenir los dolores de cabeza.

Alexei sigue comiendo y yo también, haciendo lo posible por no aspirar el olor penetrante de los huevos y el marisco. Me hacen salivar, y no para bien.

—¿Y cómo está Slava? —pregunta Ruslan. Yo le miro parpadeando por la confusión hasta que recuerdo que también es el tío del niño, como Alexei.

Todavía se me hace raro que Alexei y yo tengamos el mismo parentesco con el hijo de Nikolai, al igual que Ruslan.

—Está bien —digo cautelosa mientras cojo un vaso de zumo de naranja. Me cuesta mucho creer que Ruslan esté conforme con que mi familia haya secuestrado a su sobrino, aunque Nikolai, al ser el padre de Slava, tenía todo el derecho a hacerlo—. Está creciendo bien y aprendiendo inglés.

—Alexei dice que ha cogido mucho cariño a tu hermano y su nueva mujer —contesta Ruslan—. ¿Alguna vez habla de nosotros? ¿Nos echa de menos?

Miro de reojo a Alexei, que me observa con atención. También debe de querer saber la respuesta.

—Él... no habló mucho durante un tiempo —reconozco—. Creo que entre la muerte de su madre y tener que familiarizarse con nosotros, había mucho que procesar para un niño tan pequeño. —Me muerdo el labio mientras paso la mirada de un hermano al otro —. ¿Estabais muy unidos?

—No tanto como nos hubiese gustado —responde Alexei—. Después de que Ksenia se quedase embarazada, se mudó a Krasnodar para vivir con la hermana de nuestra madre. Apenas la veíamos a ella y a Slava, salvo en fechas señaladas. —Se le contraen los labios—. Ahora me doy cuenta de que quizás era porque tenía miedo de que, si pasábamos más tiempo con su hijo, terminaríamos descubriendo quién era el padre.

—¿No sospechasteis nunca de mi familia? —pregunto. Ruslan niega con la cabeza.

—Ahora que lo dices, el parecido de Slava con tus hermanos nos debería haber dado pistas sobre quién era el padre, pero a ninguno se nos ocurrió siquiera pensar en ello —responde con una mueca—. Hasta donde sabíamos, Ksenia nunca había conocido a ningún Molotov. Cuando se quedó embarazada, dijo que había sido de un rollo de una noche y que no quería que indagásemos más porque no tenía ningún interés en salir con ese tío, así que lo dejamos estar.

—Ya te dije que era un error —dice Alexei apesadumbrado—. Si la hubiésemos presionado más, o al menos hubiésemos hecho una prueba de ADN...

—Respetamos los deseos de nuestra hermana —grita Ruslan—, que es lo que debe hacer la familia.

Los dos hombres se quedan mirándose fijamente. Parecer ser que he reavivado una antigua discusión.

Quizá debería retirarme, cambiar de tema, pero un impulso temerario me empuja a seguir con ello.

—¿Y vuestro padre? ¿Se llevaba bien con Slava?

Miro a Alexei mientras hago la pregunta, así que puedo ver cómo se pone tenso y su rostro se vacía de cualquier tipo de emoción.

—Apenas conocía al chico —dice Ruslan sin inmutarse. Cuando dirijo la mirada hacia él, está igual de inexpresivo que su hermano—. Al menos, no pasaron mucho tiempo juntos antes de la muerte de Ksenia.

Doy un sorbo a mi zumo de naranja para ganar tiempo y procesar todo esto. Sé poco de mi marido y su familia, y lo que sé no es bueno. He crecido con hombres despiadados, pero dicen que Boris Leonov, el padre de Alexei y de Ruslan, está a otro nivel. He escuchado rumores de todo tipo, desde asesinatos de familias enteras hasta torturas espantosas a sus enemigos. Y si todo eso se murmura sin disimulo en nuestros círculos, es que es solo la punta del iceberg.

No me imagino a un hombre así siendo amable con un niño... y la manera en que Slava se comportaba ante Nikolai al principio, encerrado en sí mismo y temeroso, despertó todas nuestras sospechas.

—Entonces, ¿por qué se fue a vivir Slava con tu padre? —pregunto, y, aunque hago lo posible por mantener el mismo tono de voz, la pregunta suena a acusación—. ¿No había nadie que se pudiese haber encargado de él tras el accidente de Ksenia?

Como, por ejemplo, uno de sus tíos; aunque nada

garantiza que ellos se hubiesen portado mejor con el niño. Slava no se comportaba como si tuviese miedo de su «tío Lyosha» durante el enfrentamiento armado entre Alexei y mi hermano, pero no puedo sacar casi ninguna conclusión sobre su relación a partir de esa breve interacción.

Si no estuviese prestando tanta atención, puede que me lo hubiera perdido: un atisbo de algo tan frío y oscuro que me hiela la sangre traspasa la fachada inexpresiva de Alexei.

—Nuestro padre se está muriendo —dice impasible—. Tiene cáncer de páncreas, como puede que te hayan dicho.

Parpadeo. No me había enterado, no. ¿Por qué tendría que...?

—Tus hermanos lo saben. Han jaqueado su historial médico —me explica Alexei, respondiendo a la pregunta que no había formulado. Le brillan los ojos con crudeza—. ¿No te lo han dicho?

Niego con la cabeza, estoy perpleja. ¿Desde cuándo lo saben? ¿Por qué no me lo habían dicho? A menos que... me estaban tratando como a una cría otra vez, intentaban protegerme de todo tipo de mal, igual que cuando me ocultaron que Alexei estaba en Estados Unidos buscándonos a Slava y a mí. Quizá pensaron que todo lo que tenía que ver con los Leonov podría desencadenar otro de mis dolores de cabeza.

—Lo... siento. —Las palabras salen solas.

Alexei suelta una risa que parece más un gruñido áspero.

—No lo sientes.

Tiene razón, no lo siento. Si alguien se merece este destino, es Boris Leonov. Por eso, no tiene ningún sentido que note este extraño dolor en el pecho.

—Así que por eso Slava...

—¿Se fue a vivir con él cuando Ksenia murió? —me interrumpe Ruslan. Sus ojos grises centellean con la misma crudeza que los de Alexei—. Lo has adivinado. Era el último deseo de nuestro padre antes de morir: conocer mejor a su nieto.

—Un deseo que nunca le deberíamos haber concedido —dice Alexei cortante. Mientras paso la mirada de un hermano al otro, me doy cuenta de que no soy la única que piensa que Boris Leonov se merece su sufrimiento.

Se puede ver a la legua en el rostro de Alexei y Ruslan.

Quiero presionarles más para saber por qué se sienten así, pero no responderían a esas preguntas, de eso estoy segura. Si las expresiones de los dos hombres ya eran herméticas antes, ahora no hay manera de descifrarlas: sus rasgos son tan fríos y duros que parecen estar tallados en piedra, sobre todo los de Alexei.

—¿Cuánto le queda a vuestro padre? —pregunto en voz baja mirando a mi marido. No debería tener ninguna empatía por él, pero esa es la razón por la que siento este dolor en el pecho. Ahora lo sé, es un dolor leve y opresivo que me recuerda a cómo me sentí cuando me enteré del accidente mortal del Ksenia.

Es como si sintiese la pérdida de Alexei, su dolor, como propios, y, en el caso de su padre, también la oscura ira que le subyace.

Es la misma ira que siento cada vez que pienso en mi padre.

—Semanas —responde Ruslan antes de que Alexei pueda hacerlo—. Tal vez menos. El cáncer ya se ha extendido a todos los órganos vitales, los médicos dicen que es un milagro que siga vivo.

Tengo los ojos clavados en Alexei mientras Ruslan habla, así que veo cómo se pone un poco rígido, de forma casi imperceptible, con la última frase. Siento una opresión aún mayor en el pecho. Por mucho que Boris Leonov sea un monstruo, sigue siendo el padre de Alexei, al igual que el monstruo que me engendró era el mío.

A pesar de todo, hasta el día de hoy, hay una pequeña parte de mí que anhela al papá de mi infancia, al hombre que antaño me llevó subida a sus hombros y me compró tarta de cumpleaños porque mamá no quería. Esos recuerdos, aunque escasos, los tengo atesorados en la memoria, sobre todo porque el resto del tiempo mi padre sentía, a lo sumo, indiferencia hacia mí.

—Lo siento —repito, y, esta vez, lo digo en serio. No estoy segura de si Alexei tiene esos pocos recuerdos buenos de su padre, pero sospecho que sí.

Es muy probable que, en lo que se refiere a nuestras familias y lo jodidas que están, tengamos mucho en común.

Al decir eso, ocurre algo en el rostro de Alexei: la máscara dura e inexpresiva se cae por un instante.

—Gracias, Alinyonok —dice con suavidad y posa sus manos sobre las mías, envolviéndome con su calidez y su fuerza... con la ilusión reconfortante de que estamos hechos el uno para el otro.

Pero no es así. Nunca ha sido así.

Él se ha infiltrado en mi vida mediante el engaño y la fuerza, y está a punto de hacer cosas peores.

Luchando contra todos mis instintos, aparto la mano con brusquedad y hago caso omiso de la manera en que se tensan sus facciones, como si le hubiese dado un puñetazo, y de cómo se me agudiza el dolor del pecho por la pérdida de su calor. Alexei no necesita mi empatía. Este impulso de consolarle, de ahuyentar su dolor, es tan irracional como peligroso. Que nuestras familias estén jodidas y entienda por lo que está pasando no significa que estemos hechos el uno para el otro. No es suficiente para hacerme olvidar todas las cosas horribles que ha hecho y que piensa hacer.

—¿Sabéis qué? Ya estoy lleno —masculla Ruslan mientras se levanta—. Trasladad mi enhorabuena a Vika, por favor. Todo estaba delicioso, como siempre.

Ni Alexei ni yo le respondemos. El aire que hay entre nosotros se ha cargado de una nueva tensión que va en aumento cuando Ruslan se marcha y nos deja sentados a la mesa con los ojos fijos el uno en el otro.

—¿Por qué? —Los labios de Alexei apenas se mueven al hablar y lo hace en una voz baja que denota una furia mal controlada—. ¿Por qué no le das una oportunidad a lo nuestro, joder?

—Porque no eres lo que quiero. —Es la verdad, pero también es una mentira parcial, y darme cuenta de esto me empuja a ir más lejos, a atacar con más fuerza, sin importar lo imprudente que sea—. Tú, mi padre, mis hermanos… sois todos iguales. Tomáis todo lo que queréis sin preocuparos por nadie más que vosotros mismos, sin pensar en el precio o las consecuencias. —Se le ensombrece el rostro de una manera peligrosa mientras hablo, pero ya he llegado demasiado lejos como para dejarlo—. Manipulaste a mi familia para que aceptasen este puto compromiso cuando solo era una niña, luego me acosaste durante una década. Has matado a todos los hombres a los que, por desgracia, les he parecido atractiva y has asesinado a Dios sabe cuántos escoltas de mi hermano. Me has obligado a meterme en tu cama y a casarme contigo. ¿Y esperas que te quiera?

—Sí. —Su respuesta, directa y tajante, me golpea como un mazo. Ya no hay rastro de la ternura que encontré en su mirada por la noche. El hombre que me observa ahora es el temible acosador de mis pesadillas, el demonio que ha tenido el dominio absoluto de mi vida desde nuestro fatídico encuentro hace once años. Los ojos le brillan como las brasas de una hoguera mientras se inclina hacia mí y me dice impasible—: Eso es justo lo que espero de ti, preciosa. Y eso es precisamente lo que va a ocurrir… a partir de hoy.

CAPÍTULO 16

ALEXEI

Me mira de forma desafiante, es la viva imagen de la valentía cuando alza la barbilla de esa manera, pero veo el miedo que siente en realidad. Me tiene miedo, teme lo que le voy a hacer.

Odio esto. Odio que todo tenga que ser así entre nosotros casi tanto como la forma en que me ha soltado esas palabras, sobre todo porque nada de lo que ha dicho es mentira. Sí que soy un cabrón despiadado que toma todo lo que desea y, desde el momento en que la vi por primera vez, la deseé. Y ella también me ha deseado, por mucho que lo niegue.

—Acábate la comida —digo mientras me mira con esos enormes ojos color jade de su pálido rostro—. Necesitarás energía.

Se le agita la garganta al tragar.

—No tengo hambre.

—Come o te ataré a la mesa y te daré de comer yo mismo.

Las delicadas fosas nasales le aletean, pero coge la cuchara. Su bol de *grechka* está casi lleno, solo ha tomado unas pocas cucharadas, y la miro comer despacio, a regañadientes y cabizbaja.

Tal vez debería haberle dado de comer. Joder, los dos disfrutamos la última vez. Seguro que, si la atase a la cama, disfrutaríamos aún más.

La sangre me fluye hacia la polla solo de pensarlo y la excitación se mezcla con la ira que bulle dentro de mí. Antes de estar con Alina, nunca habría pensado que me gustarían estas cosas, me bastaba con tener sexo duro del bueno, pero no puedo negar que disfruté al usar su boca de esa manera brusca y de la forma en que se aferró a mí después, como si me necesitara. Tampoco puedo negar el hecho de que, a lo largo de los años, mis fantasías sobre ella se han vuelto cada vez más oscuras. Es como si la frustración de no poseerla durante tanto tiempo hubiese empañado lo que solía ser simple lujuria y la hubiese convertido en una obsesión por dominarla y ser su dueño, por destruir todo atisbo de resistencia en ella hasta que fuese mía en cuerpo y alma.

He intentado luchar contra esta obsesión todo lo que he podido, pero ya no aguanto más. A pesar de todos mis esfuerzos por ser paciente y complacerla, sigue viéndome como a un monstruo, así que, ¿por qué no comportarme como uno?

Nada más ha funcionado.

Espero hasta que se termina el bol y bebe unos tragos más de zumo antes de levantarme y acercarme a ella.

—Levanta. —Mi tono es brusco mientras le retiro la silla—. Vamos.

Se pone de pie despacio y su rostro está pálido cuando me mira suplicando:

—Alexei…

Le agarro del codo.

—Camina o te llevaré en brazos.

Oigo su respiración agitada y entrecortada, y noto cómo busca alguna manera de retrasar lo inevitable, lo que aumenta mi determinación. He sido paciente y comprensivo, y no me ha servido de nada. Cada vez que he cedido a sus súplicas, me he arrepentido, y ella también.

Ahora que lo pienso, debería haber dejado los escrúpulos sobre su edad a un lado, habérmela llevado cuando tenía quince años y haberla hecho mía en todos los sentidos, menos el sexual. Sí, habría conllevado tener que separarla de su familia y posiblemente habría estallado una guerra contra los Molotov, pero eso ha ocurrido de todos modos y encima he desperdiciado una década.

—Por favor, Alexei. —Le tiembla la voz mientras la guío por las escaleras—. Aún es por la mañana. ¿No podemos esperar? To-todavía tengo dolor de cabeza.

—Pues quizás unos orgasmos te sienten bien.

Me está mintiendo sobre el dolor de cabeza, eso está claro, hace menos de media hora me dijo que se encontraba perfectamente. No me sorprende, pero me decepciona un poco que utilice su enfermedad como excusa para todo. En cualquier caso, no le va a funcionar. Le agarro el codo más fuerte cuando se tambalea en el último escalón y tiro de ella a lo largo del pasillo hasta el camarote, haciendo caso omiso de sus intentos por resistirse.

Abro la puerta, arrastro a Alina dentro y la cierro; solo entonces le suelto el brazo. Ella se aleja de mí de inmediato jadeando.

—Alexei… —Su voz contiene una súplica desesperada—. No lo hagas, por favor.

—¿Que no haga qué? ¿Hacerle el amor a mi mujer?

—¿El amor? —Suelta una risa amarga y mordaz—. ¿Para ti esto es amor?

Sus palabras se me clavan como un cuchillo. ¿Es amor? Nunca lo había visto de esa manera. Obsesión, deseo, necesidad o compulsión son palabras que encajan mejor con el cóctel de emociones que siento. Pero quizás el amor sea eso: un anhelo insaciable y absorbente que hace imposible imaginarme la vida sin ella.

Sea como sea, no es que a ella le importe, no siente lo mismo. Pero lo hará. Cuando lleve a mi hijo en su vientre, no tendrá más remedio que aceptar que es mía. Aunque primero tengo que asegurarme de que eso ocurra, lo que significa que no puedo retrasarlo más tiempo.

Empiezo a desnudarla sin más preámbulos. Lo hago de forma lenta y sistemática. Necesita saber que no soy un animal que se deja llevar por la lujuria, sino un hombre con un objetivo, y que no me detendré, sin importar lo hermosa que esté mientras me suplica. Esto no quiere decir que la lujuria no esté presente. Me muero por devorarla con una intensidad que incluso me asusta. Aun así, mantengo el control, aunque este pende de un hilo.

Se queda petrificada mientras mira cómo me quito la ropa de una vez y la tiro sobre una silla cercana. Abre los labios como queriendo decir algo, pero su garganta no emite ninguna palabra. En lugar de eso, traga saliva con fuerza y, con la punta de la lengua, recorre veloz su labio inferior, que se humedece con ese gesto rápido y furtivo, mientras dirige su mirada hacia mi erección prominente.

Siento una oleada de deseo tan intensa que se me contraen los testículos y me deja sin respiración.

—Quítate el vestido.

Alza los ojos para mirarme.

—No. —Le tiembla la voz—. N-no quiero.

Se me escapa carcajada seca.

—¿Seguro que quieres jugar a esto, bella mía?

Da otro paso atrás.

—No es un juego, quiero que me dejes en paz.

—Sabes que eso no va a ocurrir.

Mi tono de voz es suave, casi dulce, a pesar del ansia que me corroe por dentro. Porque sí que es un juego, uno en el que quiere que sea el villano. Y hoy estoy encantado de serlo.

Tuerzo los labios para formar una sonrisa maliciosa

y camino hacia ella dando zancadas lentas y decididas. Ella traga saliva e inspecciona rápido la habitación con la mirada como si buscase un lugar por donde huir. No hay ninguno, por supuesto. El camarote no es pequeño, pero tampoco enorme, y la única salida está detrás de mí. E incluso, si por algún misterio de la vida, consiguiese apartarme, estamos en un barco en medio del océano.

Ha debido de llegar a la misma conclusión porque vuelve a mirarme resignada, aunque, en cierto modo, aún desafiante.

—Te odiaré por esto —me advierte, y yo me río con sarcasmo mientras me pongo frente a ella.

—Creía que ya me odiabas.

—No así. Yo te...

—Ya me darás todos los detalles luego.

Y hago jirones su bonito vestido tirando con fuerza del corpiño.

CAPÍTULO 17

ALINA

Jadeo. Levanto las manos ante la repentina violencia de sus movimientos y doy por perdido el vestido cuando cae al suelo formando un charco de seda azul cielo. Me quedo vestida nada más que con un conjunto de tanga y sujetador y las sandalias de tacón. Mi instinto es retroceder, pero ya lo ha previsto. Me agarra las muñecas y me atrae hacia él con un férreo control, una sonrisa burlona decora sus labios.

—Te lo tenías que haber quitado cuando te lo pedí, Alinyonok —dice como un padre sermoneando un niño—. No tenemos una reserva infinita de vestidos aquí, ya lo sabes.

—¡Entonces deja de romperlos! —Demasiado tarde, me doy cuenta de que he caído en su trampa. Respiro con dificultad intentando ignorar el latido furioso de mi corazón y la manera en la que sus dedos son como grilletes alrededor de mis muñecas, manteniéndome con los hombros doblados y la parte baja del cuerpo en contacto con su polla completamente erecta—. Te lo dije, no quiero…

Me interrumpe con un beso. Sus labios son ásperos, su lengua es casi violenta cuando fuerza su entrada a mi boca y, sin embargo, la excitación inunda mi cuerpo, transformando mis pezones en piedras y suavizando mi interior. Es muy difícil no sucumbir. En vez de eso, comienzo a forcejear con todas mis fuerzas luchando con la oleada de deseo que amenaza con inundarme, peleando contra mí más que contra él.

Es una lucha que estoy destinada a perder, pero, aun así, me satisface ver la manera en la que se sobresalta cuando hundo los dientes en su labio inferior y pruebo el fuerte sabor cobrizo de la sangre. Es sin duda su sangre, no la mía esta vez. Siento un profundo y oscuro placer al saberlo. Lo he marcado como él me ha marcado a mí, he penetrado su piel como él la mía. Quizás no he robado su virginidad, pero mi huella está ahora en su cuerpo, aunque el mordisco no le deje marca alguna.

En un extraño impulso, succiono su labio herido, prolongando más el sabor metálico y gruñe por lo bajo, soltándome las muñecas para agarrarme la nuca con una mano y el culo con la otra, arrastrándome totalmente contra su enorme erección mientras hunde los dientes en mi labio inferior. Aprovecho mi nueva libertad para arañarle la espalda mientras le rodeo la cadera con la pierna izquierda e impulsada por una necesidad ardiente que desafía toda razón aprieto mi clítoris dolorido contra su polla hinchada. El endeble encaje del tanga es el único obstáculo entre nuestros cuerpos desnudos y ya está mojado, empapado con la prueba de mi deseo. En otras circunstancias, estaría muy avergonzada, pero no hay hueco para la vergüenza en el infierno erótico que me consume. La tensión ya se envuelve en lo más profundo de mí, cada sacudida de mis caderas frotando el clítoris contra su dureza me arrastra más cerca del límite mientras las bocas continúan en una batalla de dientes, lenguas, y labios. La misma que nuestros cuerpos disputan.

Es una lucha en la que solo puede haber un ganador y no soy yo, o a lo mejor sí que lo soy. Tal vez el placer incandescente que estalla a través de mis terminaciones nerviosas es una victoria y no una derrota. Pienso ligeramente mientras se me contraen los músculos internos y liberan una cascada impresionante de sensaciones al tiempo que le hinco los dedos en los anchos músculos de sus hombros. De alguna manera, he robado este orgasmo, me he apropiado de él en lugar de que me lo saque a la fuerza. He usado su cuerpo como…

El repentino tirón de mi tanga al acabar arrancado me saca de esa neblina de placer y me devuelve a la realidad. Con un jadeo, me aparto de su beso hambriento y bajo la pierna empujando sus hombros con todas mis fuerzas mientras el fuerte conocimiento de lo que estamos haciendo me invade el cerebro saturado de serotonina. Sin embargo, es demasiado tarde y él ya me está empujando contra la pared agarrándome los muslos para levantarme y separarme las piernas.

Antes de que pueda decir algo, la suave y ancha cabeza de su polla presiona mi húmedo sexo y fuerza su acceso a mi cuerpo. No es brusco, pero tampoco es suave y se me escapa la respiración en un grito de dolor mientras su gruesa envergadura me estira al máximo. Todavía estoy dolorida del otro día, no estoy acostumbrada a su enorme circunferencia y le clavo las uñas en la piel cuando se detiene a medio camino apoyando la frente en lo alto de mi cabeza. Oigo su respiración entrecortada mientras todos los músculos de su cuerpo vibran por el esfuerzo de mantenerse quieto.

—¿Estás bien? —pregunta con una voz dura y apurada—. ¿Te estoy haciendo daño?

«¡Sí, para!». Eso es lo que debería decir, pero de alguna manera la palabra que surge de mi garganta es un «no» tartamudeado y sin respiración.

Me dan ganas de retirarlo inmediatamente, pero no tengo la oportunidad. Me agarro a sus hombros y siento el estremecimiento que baja por su columna mientras abandona su rígido autocontrol y entonces, me embisten sus caderas y su polla dura me atraviesa de manera tan profunda que mi respiración sale volando de los pulmones. Por un segundo, el estirón es casi insoportable, pero entonces retrocede y me la clava de nuevo chocando la pelvis con la mía. El dolor punzante disminuye y la incomodidad se transforma en una dolorosa tensión familiar, una dulce y agonizante que se intensifica cada vez que me penetra hasta el fondo.

—Joder —dice con voz ronca contra mi pelo—. Qué bueno es estar dentro de ti.

Cada palabra se corta por un profundo y duro empujón que me arremete más alto en la pared y me arrebata un gemido de la garganta.

«Bueno» no es la palabra apropiada. A medida que va marcando un ritmo duro y enérgico, siento como si me fuese a morir, como si fuera a follarme los sesos, literalmente. Pongo los ojos en blanco y cierro fuerte los párpados mientras mi mente se vacía de todo, salvo de las violentas sensaciones que sacuden mi cuerpo. Sé que hay algo que no va bien, algo contra lo que debería estar luchando, pero juro que no sé qué es. Solo está Alexei clavándose en mi carne, llenándome de una manera tan profunda que puede que no esté completa nunca más sin él.

El orgasmo es como una ola de lava dentro de mí, que sube a toda velocidad bajo una gran presión, llenándome de calor hasta que llego a un punto de no retorno. Hasta que estallo y me hago añicos con su nombre en un grito ahogado en mis labios y mis músculos internos tienen espasmos a su alrededor, apretando su polla mientras me penetra, cada vez más rápido y fuerte. En cualquier momento se va a correr también, lo noto, y en algún lugar en la parte trasera de mi mente, una voz cuerda abre la boca, primero en voz baja y después más alta e insistente.

Se me abren los ojos de golpe cuando recuerdo aquello que no podía permitir.

—¡Para! —La súplica surge débil, sin respiración y no me oye, o si lo hace la ignora. Lo intento más fuerte, tirando de su pelo para echar su cabeza atrás—. Alexei, por favor, no te corras dentro.

Sus ojos se encuentran con los míos, los brillantes orbes oscuros, feroces e incomprensivos. Aunque quisiera, está demasiado lejos para detenerse, pero entonces un destello de comprensión recorre su rostro tenso y su ritmo de embestida se ralentiza.

Respiro aliviada y dejo de agarrarle el pelo con tanta fuerza.

Me ha oído.

Va a parar.

Va a...

Tensa la mandíbula, sus ojos se vuelven duros como una piedra y se introduce en mí con tanta profundidad que grito cuando me alcanza el cérvix. Sigue sosteniéndome la mirada cuando se estremece y se corre, dentro.

CAPÍTULO 18

ALEXEI

Cada vez que he cedido ante las súplicas de Alina me he arrepentido y esta vez hubiera sido igual... o eso es lo que me digo mientras la oigo llorar tras una de las experiencias más increíbles de mi vida. La estoy abrazando, pero da igual, la brecha que nos separa es enorme, infranqueable. Aunque esté desnuda en mis brazos con la cara mojada hundida en mi pecho, es como si estuviera encerrada en el complejo de su hermano a miles de kilómetros, inalcanzable, intocable.

Está llorando en silencio, sin hacer ningún drama o acusación, pero, aun así, cada lágrima que me cae en la piel quema como la cera caliente. Siento el pecho pesado y oprimido, tanto que respirar requiere esfuerzo.

No pensaba que fuera a ser así.

No sabía que su tristeza sería como si me cortasen en pedacitos con cuchillos de mantequilla.

Ella me dijo que parase y no lo hice, porque en ese momento lo único que en lo que pensaba era en llenarla con mi semilla para amarrarla a mí de la manera más primitiva posible. Es lo que elegí, lo que decidí que sería mejor para ambos. Entonces, ¿por qué siento como si la hubiera cagado, como si hubiera roto algo bello y frágil? No había nada que romper y, de todas formas, ya había dicho que me odiaba. Aun así, cierro los ojos con fuerza mientras oigo sus resoplidos silenciosos y cuando me empuja para soltarse, la dejo ir.

Coge el vestido del suelo y corre al baño. Observo su figura esbelta desaparecer y se me tensa hasta el último músculo del cuerpo, a pesar del espectacular orgasmo que acabo de vivir. Quiero ir detrás de ella, decirle... ¿Decirle el qué? ¿Qué cojones le puedo decir?

¿Que no voy a hacerlo nunca más?

Estaría mintiendo.

¿Que lo lamento?

Se reiría en mi cara.

Hijo de puta.

Me doy la vuelta y le doy un puñetazo a una almohada.

No es suficiente. Necesito algo más duro. O alguien.

Eso es. Me levanto de un salto y me pongo los pantalones antes de salir del camarote. Ruslan ya tendría que estar en casa, pero como sigue aquí, me puede ser útil.

Lo encuentro en su camarote, echándose la siesta.

Cuando me ve entrar bosteza y se incorpora mientras se frota la cara.

Le tiro unos pantalones.

—Levántate, coño.

Endurece la expresión y desaparece todo rastro de sueño en su cara.

—¿Qué ha pasado? —Salta de la cama y se pone los vaqueros sin preocuparse por la ropa interior. Duerme desnudo, como yo—. ¿Es que…?

—A la cubierta, ya.

Me doy la vuelta y me dirijo a las escaleras. Unos segundos más tarde, Ruslan me alcanza y subimos juntos.

No hace más preguntas por lo que tiene que haberse dado cuenta de mi estado de ánimo y, cuando llegamos a la cubierta, se pone en posición de defensa con los puños levantados para protegerse la cara al asestarle el primer puñetazo.

Peleamos en silencio, gruñendo únicamente cuando uno u otro hace contacto. Es mediodía y el sol es muy fuerte, pero a ninguno nos importa. Estamos acostumbrados a luchar con frío bajo cero y con un calor sofocante, con lluvia y con nieve, en tejados y con las rodillas enterradas en barro.

Si hay algo que hizo bien nuestro padre fue contratar a soldados especiales rusos para entrenarnos desde que teníamos edad de guardería. Los primeros años no lo entendía, pero ahora, con una pelea buena, dura y con otras formas de esfuerzo físico es como mantengo el equilibrio. También, es como he sido capaz de pasar todos estos años esperando a mi mujer sin volverme loco.

Es paradójico que ahora que la tengo a mi lado siga necesitando esta válvula de escape.

En todo caso, la necesito más que nunca.

—Bueno, ¿qué coño ha pasado? —pregunta Ruslan más tarde mientras nos bebemos dos cervezas frías bajo un saliente. Hemos evitado pegarnos en la cara sobre todo, pero por debajo del cuello le va a doler, y a mí también.

—No te metas donde no te importa —digo mientras presiono el envase frío en mi cara empapada de sudor. No tengo intención ninguna de confiarle los problemas con mi mujer. Solo me diría que ya me lo había advertido.

No se da por vencido.

—¿Es por Alina? —Me insiste y aprieto los dientes mientras la tensión de la que me he liberado vuelve a apoderarse de mí y me agarrota los hombros—. ¿Es que ha dicho o hecho algo?

A la mierda. Inclino la botella y me bebo lo que queda de cerveza antes de dejarla en la mesa con un ruido metálico.

—Gracias por el entrenamiento.

Si no me voy ya, vamos a tener otra pelea, y esta no acabará con unas cervezas frías.

———

LA DUCHA ESTÁ ENCENDIDA CUANDO VUELVO AL camarote tras haberme lavado rápido y cambiado en mi despacho. Alina sigue en la ducha después de —frunzo el ceño mientras observo el móvil— casi una hora. ¿Qué coño estará haciendo ahí dentro? Tengo ganas de tocar y exigirle que abra la puerta del baño, pero entonces recuerdo sus lágrimas silenciosas.

Joder.

Me froto la cara y deseo poder borrar el recuerdo de mi mente. Del sexo no, esas imágenes las voy a guardar para siempre, sino de las consecuencias. Del sórdido e ilógico sentimiento de culpa que noto en el fondo del pecho. Además, hay otra cosa, una inquietud particular que no puedo detallar, una que, ahora que lo pienso, no parece estar relacionada con las lágrimas de Alina.

Es como si algo estuviese tirando de una cuerda en la esquina de mi mente haciéndola vibrar fuera de tono. Tengo esa sensación a veces, cuando hay peligro. ¿Es eso de lo que se trata? ¿Pasé por alto algún detalle cuando rapté a Alina del complejo de Nikolai? ¿Dejé alguna pista que pueda llevar a sus hermanos hasta nosotros?

Mierda.

Dejo a Alina con su larga ducha, doy media vuelta y me dirijo al despacho.

No les tengo miedo a los Molotov. Aunque estuviésemos en Moscú paseando en público, no podrían arrebatármela, pero se derramaría sangre.

Mucha sangre, y no quiero eso cuando mi matrimonio es tan reciente y nuevo. Ya tuve que recurrir a la violencia para conseguir que mi prometida cumpliese nuestro acuerdo de compromiso. Alina y yo necesitamos tiempo juntos, una luna de miel larga y tranquila donde podamos conocernos sin que su familia se meta de por medio. Sobre todo, porque no me miraría con buenos ojos si matase a alguien de dicha familia. Por eso elegí este yate como escondite temporal, pero el plan solo funciona si sus hermanos no nos encuentran.

Aquí no tengo recursos para luchar contra el ejército que trajesen, no como en Moscú o en otra fortaleza de las nuestras.

Enciendo el ordenador y le envío un correo a nuestro equipo de seguridad en Moscú. Vigilan a los Molotov, así que si los hermanos de Alina hacen algún movimiento lo sabré pronto, también les digo a los *hackers* que vuelvan a comprobar que no haya ningún rastro en papel o en línea que nos pueda relacionar con este barco o que delate su ubicación. Tamborileo los dedos en el escritorio mientras analizo cada recuerdo que tengo de mi ataque al complejo de Nikolai, intentando pensar qué puede estar causando esta sensación de inquietud.

Nadie se ha acercado tanto a mí como para pegarme un localizador y Alina tampoco lleva ninguno. Yo personalmente revisé hasta el último centímetro de su piel cuando la dormí y le pasé un escáner por todo el cuerpo para asegurarme. Además, me deshice de su ropa y de cualquier cosa que pudiese esconder un localizador GPS.

¿Entonces qué es? ¿Por qué siento como si tuviese un láser de francotirador en la frente?

Me vuelvo a sentar y suelto un suspiro forzado.

¿Qué coño he pasado por alto?

No se me ocurre nada, así que me pongo en pie y me dirijo al camarote en el que, con suerte, mi mujer habrá terminado de ducharse.

Capítulo 19

Alina

Sigo aquí, sentada en las baldosas de la ducha con las rodillas pegadas al pecho, mientras el agua pasa de estar hirviendo a estar caliente para terminar apenas templada. Es una sensación desagradable, así que me levanto y apago el agua antes de que se ponga más fría.

Quizá haya superado los límites que tiene el calentador de agua del yate.

La buena noticia es que he conseguido dejar de llorar. La mala: que quiero frotarme por dentro con lejía, aunque esto sería en vano. Si el esperma de Alexei es como él mismo, ya habrá logrado su objetivo, atando a mi pobre e indefenso óvulo a una unión que no desea.

¿En qué cojones estaba pensando al entregarme así a él? ¿Al participar así en mi propia destrucción? Hasta el último instante, en el que recuperé la cordura necesaria para decirle que no..., a lo que hizo caso omiso, por supuesto.

Sus intenciones han sido bastante claras desde el primer día. ¿Por qué pensé que podría convencerlo con una simple súplica en el último momento? Una súplica que habría sido mucho más convincente si no me hubiera corrido en su polla.

Me arde la cara mientras me envuelvo con una toalla y me miro al espejo. Odio a la mujer que me devuelve la mirada, con los ojos rojos e hinchados y la piel enrojecida y llena de manchas. Quiero que desaparezca de la faz de la Tierra, así que, es justo lo que hago: la cubro con base de maquillaje, máscara de pestañas, pintalabios; lo que haga falta para tapar el desastre que refleja en sus adentros. Después me paso el secador y la plancha, y cuando tengo el pelo seco y liso, soy más o menos la misma de siempre, aunque todavía bastante inestable.

Alexei está sentado en la cama cuando salgo del baño. Vuelvo a estar vestida con solo una toalla, y su mirada penetrante no me ayuda ni una pizca a mantener el equilibrio. Quiero partirle la cara y, al mismo tiempo, echar a correr y esconderme.

A su favor, diré que no parece tan engreído. En cambio, su expresión me desconcierta, su mirada es ausente, por no hablar del calor que desprende en sus oscuras profundidades.

Lo ignoro, me dirijo al vestidor y cojo el primer vestido que cae en mis manos, y que resulta ser un vestido veraniego de un amarillo tan intenso que no refleja en absoluto mi estado de ánimo. Un vestido negro sería mucho más apropiado, pero no quiero arriesgarme a que Alexei entre en el armario detrás de mí, así que me conformo con lo primero que encuentro. Y como no puedo evitarlo, me pongo unas sandalias de cuña blancas, más informales de lo que suelo llevar, pero que combinan con el aire veraniego del vestido. Además, lo complemento con mi collar y mis pendientes de perlas porque, ¿por qué no? Finjamos que somos dos amantes enamorados yendo a un pícnic en la iglesia.

Cuando salgo lo veo allí, de pie, veo una enorme silueta oscura e imponente que hace que me suden las palmas de las manos y me lata el corazón más deprisa.

Dios, le odio. Le odio con todas mis fuerzas.

Levanto la cabeza todo lo que puedo e intento pasar por su lado.

Me coge por el codo y me obliga a mirarle.

—¿Estás bien? —Su voz suena profunda, tranquila, firme, pero su mirada me acribilla en busca de algo.

Si no lo conociera, hasta podría pensar que está preocupado.

—¿A ti qué te importa? —Intento zafarme de sus brazos—. Ya tienes lo que querías. Ahora déjame en paz.

No me suelta. Entrecierra los ojos y curva los labios con esa sonrisita burlona que tan bien conozco.

—Ya sabes que no puedo hacer eso, Alinyonok. Si pudiera, ya lo habría hecho hace mucho tiempo.

No se puede ni discutir con esa lógica retorcida.

Cierro los ojos, derrotada, y cuando los abro, ya me ha soltado el brazo y me ha cogido la mano con su enorme palma.

—¿Por qué no subimos a la cubierta? —sugiere, y suaviza su sonrisa al mirarme. Se supone que esta tarde lloverá, así que es nuestra oportunidad para aprovechar los últimos rayos de sol.

Hago una mueca con una fría sonrisa.

—¿No tienes miedo de que me achicharre o algo así?

—Te pondré protector solar, no te preocupes.

Se me retuerce el estómago de una forma peculiar, siento mucho calor dentro de mí.

No. Es imposible que me excite ahora. No después de lo que me acaba de hacer. Debería darme asco la mera idea de que sus manos me rocen, pero parece que mi cuerpo va a la suya.

Por otra parte, quizá es que acabo de comer algo y siento un poco de náuseas.

Le quito la mano de encima.

—Ya me echo yo el protector solar, muchas gracias.

Sin esperar respuesta, vuelvo al baño y me embadurno toda la piel expuesta con una gruesa capa blanca de crema que no me froto del todo a propósito, para que él la pueda ver. Me la aplico también en la cara, aunque gran parte de mí se avergüenza al ver el aspecto que tengo después: parezco el fantasma de una geisha.

El protector solar mineral no queda bien sobre el maquillaje.

Lucho contra el impulso de quitármelo y arreglarme la cara, vuelvo al dormitorio, donde Alexei asiente con la cabeza al ver esa capa blanca sobre mi piel.

—¿Y dónde está tu crema? —le pregunto, para hacerme la difícil.

La verdad es que me da igual que le dé cáncer de piel.

Se encoge de hombros, con ese típico gesto varonil.

—No la necesito. Mi piel es más oscura, así que...

—Eso te da una protección SPF 5, como mucho, y el índice UV seguro que está por encima de 10 ahora mismo. —Cruzo los brazos sobre el pecho—. No voy a subir si tú no te proteges también.

Enarca las cejas y una sonrisa se le dibuja en los labios.

—Ya veo que te comportas como una esposa, ¿no?

Que le den. ¡Por mí que se queme entero! De hecho, ojalá le dé cáncer de piel y se muera. Y que se muera mañana, así tiro su cuerpo por la borda y alimento a los tiburones con un gran festín humano. O mejor aún...

—Vale, yo también me echaré —dice, interrumpiendo mis fantasías sedientas de sangre y, para mi sorpresa, se mete en el baño.

Cuando sale un minuto después, su cara, su cuello y sus brazos tienen una capa blanca que parece mucho más marcada sobre su piel bronceada y tatuada. También hay manchas blancas en el cuello de su camiseta negra. Todo esto debería hacerle parecer ridículo, pero no es así.

Sigue siendo el hombre más atractivo y peligroso que he visto nunca.

Con esfuerzo, desvío la mirada.

—Déjame coger un sombrero y unas gafas de sol.

Me meto en el armario, cojo las cosas que necesito —un sombrero de paja de ala ancha y unas gafas de sol — y voy hacia la puerta. Él me sigue y se pone a mi lado cuando salimos al pasillo. Caminamos en silencio y no puedo evitar echarle miradas fugaces mientras subimos las escaleras. Por una vez, no está tan obsesionado conmigo, al menos con esa intensidad que tanto le caracteriza. Parece pensativo, con las cejas oscuras un poco arqueadas.

¿Ha pasado algo? Si es así, ¿cuándo? ¿Qué ha pasado?

Me corroe la curiosidad, pero contengo las preguntas. No quiero iniciar una conversación con él, fingir que todo está perdonado y olvidado. Porque no es así. Lo que me ha hecho hoy es peor que irrumpir en el recinto de Nikolai para secuestrarme. Peor aún que organizar nuestro compromiso, aunque no entiendo del todo el porqué.

No, no hablaré con él mientras pueda evitarlo. Puede que no pueda negarle mi cuerpo, pero mi mente aún está bajo mi control.

—Ahí estáis, tortolitos —dice una voz familiar cuando salimos a cubierta, y al girarme veo a Ruslan subiendo por la escalera de estribor. Debe de haberse metido en el agua, porque está empapado y solo lleva un bañador.

El diablo se apodera de mí y, de repente, encuentro la manera perfecta de vengarme de Alexei. Sin pudor, miro fijamente el pecho desnudo de Ruslan y me relamo los labios, como si se me hubieran secado. Es un pecho bonito, eso está claro, pero provoca en mí lo mismo una estatua de mármol, es decir: nada. Pero eso mi marido no lo sabe. Es demasiado celoso y posesivo, lo conozco aunque sea un poco...

—Tírate. Ahora —le grita a su hermano de forma que no admite discrepancias, y entonces me agarra del brazo y me hace girar para que le mire.

—¿Qué? —pregunto con tono inocente, moviendo las pestañas cuando oigo un chapoteo. Supongo que Ruslan sabe cuándo hacer caso—. ¿Qué pasa? —continúo con el mismo tono confuso.

No tengo ni la menor idea de por qué intento provocar a mi nuevo marido. Me acuerdo de su terrible reacción la última vez que pensó que prestaba demasiada atención a Ruslan, y no quiero volver a sufrirla. Pero al mismo tiempo, quiero arremeter contra Alexei, hacerle sentir al menos una mínima parte de lo que él me ha causado.

Tiene la cara oscura como la noche, y las fosas nasales abiertas, mientras me mira con atención. Por desgracia, sigo esperando a que me diga que le pertenezco, que no debo mirar a otro hombre que no sea él. Espero que demuestre su dominio sobre mí de la forma más salvaje posible, pero no lo hace. En lugar de eso, respira hondo, luego otra vez y me suelta el brazo.

—No lo hagas —dice con firmeza—. No lo hagas.

Parpadeo, demasiado aturdida para decir nada, mientras él se mete bajo el saliente y prepara dos tumbonas, apartándolas del fulgor del sol de la tarde. Como si lo hubiera invocado por telepatía, Larson aparece con dos bebidas heladas y afrutadas que coloca en la mesita que hay entre las dos sillas.

—Gracias —le dice Alexei, quitándose la camiseta y estirándose en una de las tumbonas, y Larson asiente con la cabeza antes de esfumarse para ocuparse de sus asuntos de capitán.

Sigo el ejemplo de Alexei y hago lo posible por no mirar su pecho desnudo mientras me acomodo bien en la tumbona. A estas alturas, ya he visto y sentido cada centímetro del cuerpo de Alexei, así que no debería ser tan excitante. Pero lo es, al menos, a juzgar por el calor que siento entre los muslos. Cruzo las piernas, haciendo lo posible por no apretarlas, y cierro los ojos porque es la mejor manera, por no decir la única, de evitar que me quede atónita mirando esos músculos y esos tatuajes.

Alexei está callado a mi lado, solo el sonido de las olas al chocar con el barco rompe el silencio, y cuando lo miro por debajo de las pestañas, veo que él también ha cerrado los ojos, aunque sigue con el ceño fruncido.

No tengo intención de hablar con él, la verdad, pero algo me conmueve al verlo así, fingiendo estar relajado cuando está tan tenso como yo. Eso hace que sea imposible mantener el silencio.

—¿No te importa que no quiera esto? —Mi voz es grave y cortante. No sé por qué saco el tema cuando la respuesta es obvia, no le importa, pero mi lengua parece ir a su bola.

Abre los ojos y se apoya en el codo, mirándome.

—¿Qué quieres?

Me mira con auténtica inquietud.

—Que me dejes en paz.

Hace un gesto cortante y despectivo, como si yo hubiera dicho una tontería.

—¿Cuáles son los objetivos de tu vida? ¿O al menos tus metas profesionales? Si tuvieras toda la libertad del mundo, ¿qué harías?

Me lo quedo mirando, sin palabras por un momento. Nadie me lo había preguntado nunca. Con mi herencia, nunca tendré que mover un dedo en ningún tipo de capacidad productiva, y todo el mundo, incluidos mis hermanos, dan por hecho que no lo haré. Para el mundo, soy una dama de la alta sociedad, un miembro bonito pero inútil, y de alguna forma, ya he aceptado ese papel, concentrando toda mi energía mental en intentar no ser nada, solo la novia de Alexei. Y, sin embargo, hay una cosa que siempre he querido, un sueño de infancia que solo le he contado a Konstantin.

Me humedezco los labios.

—Pues… supongo que haría videojuegos.

—Ah. —Alexei no parece tan sorprendido como hubiera esperado—. ¿Y por qué no lo has hecho? Llevas tres años fuera de la universidad. Es tiempo de sobra para empezar la carrera profesional que quieras.

¿Por qué no lo he hecho? Pienso en mis años de

universidad, cuando los dolores de cabeza me impedían pasar mucho tiempo frente al ordenador. ¿Fue entonces cuando renuncié a mi sueño? ¿O fue más tarde, cuando las obligaciones sociales me mantenían de fiesta en fiesta, de recaudación de fondos en recaudación, de vacaciones en vacaciones, todo esto mientras intentaba evitar al peligroso hombre que me vigilaba sin cesar? No fue hasta que dejé Moscú por la soledad y la belleza natural del complejo montañoso de Nikolai que recordé lo mucho que disfrutaba antes aprendiendo a escribir código y creando las historias visuales que son los videojuegos.

Mi yo de catorce años se avergonzaría de mí, y en este momento, yo también.

—He empezado a trabajar en un juego —admito, apartando la vista de la penetrante mirada de Alexei—. Es pequeño y sencillo, pero...

—Genial. ¿Dónde está?

Parpadeo y vuelvo a mirarle a la cara.

—¿Qué quieres decir?

—¿Está en la nube? ¿En algún disco duro? En general, ¿qué necesitarías para seguir trabajando en él?

Le miro fijamente, desconcertada. ¿Me está ofreciendo lo que creo que me está ofreciendo? Se me acelera el corazón y una chispa de esperanza prende en mi interior.

—Cualquier ordenador potente con el software adecuado me irá bien. Lo que he escrito hasta ahora está en la nube, así que necesitaría acceso a internet y entonces...

—Dame tus datos de acceso y lo extraeré de la nube por ti.

Esa chispita se apaga. Estaba claro que no me daría un portátil conectado a internet y ya. Si consigo un ordenador, no tendrá ni siquiera una conexión de ISP.¿Y darle mi nombre de usuario? Que siga soñando...

—Puedo hacer que mis *hackers* trabajen en ello si lo prefieres —dice Alexei, intuyendo con precisión mis pensamientos. Sus ojos oscuros brillan—. Llevará más tiempo, pero...

—De acuerdo. —Respiro—. Bien, te lo daré.

No porque crea que sus *hackers* vayan a acceder al encriptado que Konstantin desarrolló para nuestra familia, sino porque no lo harán..., y quiero ese juego y un ordenador. Lo deseo tanto que me arden los dedos de pensar en tocar un teclado. Y lo más importante: no tengo nada privado en mi nube personal, solo deberes de clase, fotos y cosas así. Valery se encarga de mi herencia y mis inversiones, así que no le daré a Alexei una puerta trasera a los negocios de Molotov ni nada por el estilo.

—Bien. Y dime qué software necesitas instalar.

Se lo digo. El corazón me late fuerte por la emoción, pero esta vez no tiene nada que ver con la posibilidad de escapar. Hasta este momento, no me había dado cuenta de lo mucho que necesitaba esto, pensar en otra cosa que no fuera el hombre que tengo al lado, trabajar en problemas que sí que tienen solución.

—De acuerdo —dice Alexei mientras se tumba, cerrando los ojos—. Mañana lo tendrás todo.

Yo también me tumbo y, por primera vez desde que vino a por mí, estoy deseando que llegue la mañana siguiente.

CAPÍTULO 20

ALEXEI

No suelo dormir siesta. Ni siquiera tengo sueños profundos, ya que debo estar siempre en alerta por si hay algún peligro. Sin embargo, en esta cálida y húmeda tarde, con estas nubes densas que se perciben en el horizonte y traen el lejano olor de la lluvia, consigo cerrar los ojos y me quedo dormido junto a Alina.

El sueño me va invadiendo poco a poco. Aunque, en cierto modo, soy consciente de que es un sueño. Parece que me estoy adentrando en la niebla. Pero, entonces, esta se convierte en una realidad y olvido que existe algo más fuera de ella.

Hay una mujer. Una mujer muy embarazada. Es suave y cálida. Huele a vainilla y a limón. Me acerco a su lado. De repente, quepo allí, bajo sus brazos, a pesar de que soy un hombre grande. Aunque, en realidad..., no lo soy.

Soy pequeño.

Tan solo soy un niño.

Debería sorprenderme, pero no es así. Me arrimo más a la mujer, oigo su voz melodiosa y apoyo una de mis manitas en su enorme barriga. «Mamá». Oigo la palabra desde la niebla y la acepto, igual que acepto saber que dentro de ese vientre está mi hermanita pequeña.

Mamá está hablando. Ah, no, está leyendo. Tiene un libro en las manos.

Suspiro contento, escuchando la historia, sintiendo a mi hermanita dar patadas desde dentro de la barriga de mami. «Está jugando a fútbol», decía papá. Estoy celoso. Quiero jugar a fútbol con ella. Ruslan es demasiado pequeño para ser un buen jugador, pero quizá mi hermanita sea mejor. Está practicando mucho.

Patada tras patada.

Cada vez son más fuertes.

Mamá se pone tensa.

No, ¡algo va mal! Así no es como va esto.

Hay algo rojo en las sábanas.

¡No, no, no!

Las sábanas están empapadas ahora, cubiertas de sangre por completo.

—¿Mamá? —Mi voz se eleva—. Mamá, ¿te vas a morir?

Patadas, patadas y más patadas.

Su enorme vientre comienza a extenderse, y siento que empieza a desgarrarse. No, no se está desgarrando, se está abriendo desde dentro. Es mi hermanita. Tiene un cuchillo.

La sangre está por todas partes, y nos empapa a mamá y a mí. Mi corazón late como las alas de un pájaro atrapado, y me encuentro mal. Me levanto de la cama y empiezo a correr. Pero mis pies no se mueven. Estoy como inmovilizado, incapaz de pedir ayuda.

El vientre estalla.

Mamá grita.

—¿Alexei?

Me incorporo de repente y la niebla se evapora en una ráfaga de luz.

—¿Estás bien? —me pregunta Alina, sentándose a mi lado y mirándome preocupada, me doy cuenta de que tengo la respiración agitada, como si acabara de echar una carrera.

Me obligo a respirar hondo y a soltar el aire muy despacio.

Ha sido un sueño. Solo ha sido un puto sueño. De alguna forma, he conseguido dormirme aquí fuera y tener una pesadilla.

De niño, solía tener pesadillas después de la muerte de mamá. No recuerdo todos los detalles, pero siempre era algo relacionado con la sangre. Han pasado años —no, décadas— desde que tuve una. ¿Fueron siempre tan gráficas?

Intento hablar, pero no me sale la voz.

—Solo ha sido un sueño.

No sé si intento convencer a Alina o a mí mismo.

Ella asiente, pero no se tumba otra vez. Me mira

con una curiosidad que agradecería que tuviera más a menudo.

—¿De qué se trataba? —pregunta en voz baja.

«De sangre. Una cesárea que salió mal. Un bebé que mató a la mujer que más quería».

Se me revuelve el estómago y comienzo a notar el sabor de la bilis.

Bajo los pies de la tumbona y me levanto.

—Perdona. Tengo que hacer una cosa —digo con la voz apurada y la garganta tan agarrotada, que es un milagro que me salgan las palabras. Me alejo con las piernas tan flojas, que parece que venga de una juerga de tres días.

No sé ni dónde voy. De repente, el yate me parece demasiado pequeño, una prisión que yo mismo he creado. Joder, incluso el océano que nos rodea me parece demasiado pequeño para contener las emociones que afloran dentro de mí. De pequeño, hice todo lo posible por no pensar en mi madre y en su muerte. Me permití olvidar el calor que me daban sus abrazos para no tener que recordar sus gritos del final. Nunca olvidé que murió por complicaciones en el parto, por supuesto, pero el recuerdo de aquel día se fue desvaneciendo poco a poco hasta que me pareció más una historia que había oído en las noticias y no algo que hubiera devastado mi vida. Las pesadillas también se esfumaron y, cuando me adentré en la adolescencia, ya podía hablar de la muerte de mi madre de la forma más fría como corresponde al hijo de Boris Leonov, y pensar en el embarazo y el parto como lo hace todo el mundo, pero sin pensar demasiado en los riesgos que conlleva el proceso.

Se me hace un nudo en la garganta que casi no me deja respirar. Ya estoy junto a la escalera —en piloto automático, me dirijo bajo cubierta—, pero de repente cambio el rumbo y me dirijo hacia el casco, donde me lanzo por la borda sin usar la escalerilla.

El impacto de sumergirme en agua fría elimina los restos de la pesadilla y, cuando salgo a la superficie, por fin puedo respirar.

También sé lo que me atormenta, y no tiene nada que ver con los Molotov que nos siguen a toda costa.

Cuando Alina desapareció de Moscú, me sentí traicionado. Era irracional, ya que nunca había afirmado que le importara o que quisiera nuestro matrimonio, pero su comportamiento en la recaudación de fondos me había dado esperanzas de que algo estaba empezando a cambiar. La compasión que mostró en su rostro cuando me dio el pésame por la muerte de Ksenia no era fingida, como tampoco lo fue su pasional respuesta cuando la desvirgué en aquel guardarropa. Aquella noche parecía un nuevo comienzo para nosotros, pero entonces desapareció.

Huyó al primer indicio de intimidad real entre nosotros.

Mientras la buscaba, ideé mi plan. Era tan simple como despiadado: encontrarla, casarme con ella y atarla a mí con un hijo. O mejor aún, hijos, en plural. No pensé en nada más allá de eso, como el riesgo que conllevaría traer hijos a este mundo. O lo que podría significar para su salud y seguridad.

Ni una sola vez pensé en la posibilidad de que muriera al dar a luz, como le pasó a mi madre.

Vuelvo a sentir la bilis en la garganta, agria y metálica a pesar del agua salada que siento en los labios. Me sumerjo y nado bajo el agua con brazadas fuertes y furiosas, alejándome del barco, lejos del terrible miedo que se apodera de mí, un miedo que debe de haber estado propagándose en mi subconsciente todo este tiempo, incluso mientras llevaba a cabo mi plan, a pesar de los constantes reparos de Alina.

Es un miedo del que ya no puedo desprenderme.

Salgo a la superficie para coger aire, vuelvo a sumergirme y nado. Nado hasta que dejo de sentir los brazos y el barco no es más que una mancha en el horizonte. Es entonces cuando me doy la vuelta, impulsado por mi instinto innato.

Mi mujer.

La necesito en mis brazos.

La necesito ya.

CAPÍTULO 21

ALINA

Suelto el aire cuando el punto negro que es la cabeza de Alexei emerge de las olas, esta vez un poco más cerca.

Vuelve nadando. Al fin.

No tengo ni idea de qué ha pasado, qué le ha impulsado a lanzarse por la borda así, pero no puedo decir que no estuviera un pelín preocupada al verlo desaparecer de mi vista, con cada inmersión que se lo llevaba tan adentro del mar que parecía que fuera medio delfín.

Sospecho que este extraño comportamiento suyo debe de ser por haberse echado una siesta. Yo también he dormido, durante una media hora o así, arrullada por el sonido de las olas y la cálida y húmeda brisa rozando mi piel. Pero la siesta de Alexei debe de haber sido más profunda porque seguía dormido cuando he abierto los ojos. Dormido y curiosamente tenso, con el ceño fruncido y la mandíbula apretada con firmeza.

¿Estaba teniendo una pesadilla? No estaba segura, así que lo observé un rato, intrigada y contra mi voluntad, porque es un hombre peligroso pero guapo de verdad.

No ha sido hasta que ha contraído el rostro en una mueca y se le ha entrecortado la respiración que he gritado su nombre, suponiendo que lo mejor sería despertarlo.

Doy otro suspiro, el nudo entre mis hombros se deshace mientras las poderosas brazadas de Alexei lo traen cada vez más cerca del yate. No estoy preocupada por él, de verdad que no. Solo que… no me gusta la idea de que esté allá en las aguas azul oscuro, tan lejos que apenas puedo verle. Las nubes en el horizonte se están oscureciendo y el viento se está levantando, haciendo que las olas hagan espuma en las puntas. Pronto, puede que nos veamos en medio de una borrasca y, por muy buen nadador que sea Alexei, no es inmune a las fuerzas de la naturaleza.

Tampoco ayuda que el aumento del oleaje me esté mareando un poco. Espero que no signifique que otro dolor de cabeza está en camino. Para mí, las migrañas y las náuseas van de la mano.

Al final, Alexei alcanza la escalera del lado de estribor. Veo cómo sale del agua, como un dios del mar con su pelo negro hacia atrás y sus músculos tatuados brillando por la humedad y ondulando con cada movimiento. El corazón me late con fuerza desde la garganta misma, y a pesar del estómago revuelto, una oleada de calor invade mi interior.

No. Joder. Tengo que parar esto.

Doy un paso para alejarme de la cubierta y volver a la tumbona, pero él ya ha llegado arriba y sus ojos se encuentran con los míos. Hay algo salvaje en su expresión, una oscuridad feroz e intensa por encima del calor de su mirada.

Trago saliva y retrocedo por instinto. Me sigue, acechándome como el depredador letal que es. El corazón me late cada vez más rápido, y una corriente eléctrica me recorre de arriba abajo la columna vertebral.

Respirando con dificultad, miro para otro lado y me vuelvo hacia las tumbonas, con la esperanza de alejarme y poder romper esta peculiar tensión.

Es un error. Apenas he dado un par de pasos antes de que él esté sobre mí, girándome frente a él con la mano mojada en mi codo.

—Alinyonok... —Hay un tono tortuoso en su voz, incluso a pesar del oscuro fuego que arde en sus ojos. Me suelta el codo, toma mi rostro entre sus palmas y me mira fijamente, mientras su pecho salpicado de gotas sube y baja con esfuerzo, a un ritmo inconstante.

Le miro a los ojos, me palpitan las sienes. No sé qué está sucediendo, pero me da miedo. Siento como una tormenta ruge en su interior, una que nos ahogará a los dos si no tenemos cuidado. Con cautela, coloco las manos en sus muñecas, sintiendo la fuerza brutal de sus huesos, tendones y músculos. No me está haciendo daño en este momento, pero podría hacerlo. Con facilidad. Igual que mi padre hizo daño a mi madre.

«Como él la mató antes de que Nikolai lo matara a él».

Creo que dudo, o hago algún tipo de ruido, porque a Alexei le cambia la expresión y con un atormentado gemido, me atrae a él, inclinando la cabeza para besarme con tanta ferocidad que pierdo todo el aire de los pulmones. Absorbe todo, cada molécula de oxígeno, cada pensamiento de mi mente y cuando me estrecha entre sus brazos y se encamina hacia las escaleras, mi cuerpo arde y oscuros recuerdos se alejan, mis miedos una vez más se nublan, silenciosos. Todos excepto...

—Espera —jadeo, retorciéndome en sus brazos mientras me lleva rápidamente a las escaleras y por el pasillo—. ¡Alexei, para!

Me ignora, como siempre. Como tan claro lo ha dejado esta mañana, mis objeciones nunca han tenido importancia para él. Al llegar al camarote, abre de una patada la puerta sin importarle que va descalzo y me mete dentro antes de cerrarla con otra patada.

—Tengo que verte —dice de manera febril, poniéndome sobre la cama. Su voz es tan áspera cuando llega a mi ropa—. Joder, Alinyonok... Tengo que sentirte.

Resignada, cierro los ojos y giro la cara mientras me desnuda con despiadada eficiencia y frenética intensidad a partes iguales. Ya sé cómo va a desarrollarse esta escena: va a follarme, me correré, él se correrá dentro de mí y entonces lo odiaré a él y a mí misma.

En un instante, estoy desnuda y él me está

acariciando el vientre, agarrándome los pechos con sus grandes manos, rozando mis pezones con los pulgares. Su tacto es desesperado, aunque hay algo raro en todo esto. Algo casi… clínico.

¿Qué cojones…?

Abro los ojos y giro la cabeza para mirarle.

Aún tiene puesto el bañador mojado que contiene una inconfundible erección. Sin embargo, la forma en la que está mirando mi cuerpo no es nada sexual. Aunque sigue agarrando mis pechos, uno en cada mano, no parece interesado en el placer, ni mío ni suyo. Es como si me examinara de la manera en la que lo haría un doctor. Pero ¿qué…?

Suelta mis pechos y retrocede, pasándose los dedos por el pelo mojado, un gesto cargado de una gran frustración. Confusa, lo miro con detenimiento cuando cierra con fuerza los ojos, dice algo por lo bajo, y sale del camarote dando un portazo tras él.

Ahora en serio, ¿qué cojones?

De pronto, consciente de la incomodidad de mi desnudez, me siento y me contemplo el pecho. Creo que está bien, redondo y firme, y mis pezones son de un rosado oscuro. Mi vientre es plano, incluso al sentarme encorvada.

No puede decirse que me haya convertido de repente en un ogro ni que me hayan brotado cuernos en lugar de pezones.

Claro que los hombres son criaturas caprichosas y volátiles. Se habrá hartado de mí. Puede que la realidad no esté a la altura de las expectativas que ha creado en su mente durante todos estos años.

Debería estar contenta. Debería celebrarlo, en cambio, el corazón se me comprime en una bolita y la vergüenza recorre mi espalda. Si mi madre estuviera aquí, me diría que esto es lo que me merezco por todas las veces que no le hice caso cuando no hacía suficiente ejercicio o comía comida basura o no me depilaba las cejas. Me diría…

La puerta se abre con brusquedad de nuevo y Alexei vuelve a entrar con una cajita en la mano.

Como por instinto, agarro la manta para taparme, pero él ya está en la cama con los ojos encendidos. Deja caer la caja sobre la manta que mantengo agarrada y me quedo sin palabras al ver lo que es.

Una caja de condones.

XL, por supuesto.

Mis ojos vuelan hacia los suyos y él asiente con la mandíbula flexionada.

—Lo haremos así a partir de ahora —dice con un gruñido y me atrae a sus brazos, acercando los labios a los míos.

Con un hambre voraz, me consume, y por primera vez no me odio a mí misma cuando me fundo en su oscuro abrazo.

CAPÍTULO 22

ALINA

Por la mañana, los rayos del sol me deslumbran cuando abro los ojos y me desperezo a gusto, como un gato saciado. Me duele todo el cuerpo. Alexei no me dejó salir de la cama durante todo el día, la tarde y la noche, salvo la rápida pausa para la cena, pero me siento bien. Y no solo porque haya sentido un buen puñado de orgasmos mientras el yate se sacudía durante otra tormenta. Siento una ligereza inusual en el pecho, una especie de tranquilidad. Casi me siento... feliz.

No. «Feliz» es una palabra demasiado fuerte teniendo en cuenta que me han arrancado de mi familia y me han obligado a casarme contra mi voluntad con un hombre que se pasó una década espiándome. Pero tengo esperanza. Incluso soy optimista. No sé qué pasó durante ese chapuzón improvisado, pero se puso condón todas las veces que

173

me folló. Y fueron muchas veces. ¿Cuatro? ¿Cinco? Sinceramente, perdí la cuenta.

Quise preguntarle qué había cambiado. Cuando anoche nos dejamos caer en la cama, ebrios de placer, enredados en nuestros cuerpos sudorosos, tuve la oportunidad. Sin embargo, no me atreví a sacar el tema para que no volviera a cambiar de idea. No me atreví a hablar, al contrario, dormité en sus brazos, dejándome llevar en ese espacio entre el sueño y la conciencia, hasta que se empalmó por enésima vez y la locura se desató de nuevo.

Me encuentro sola en el camarote, así que me tomo mi tiempo para levantarme. Estoy remolona, como buen gato. Y somnolienta, aunque dormí bastante entre tanto sexo. Ni la idea de tocar un ordenador no me motiva mucho a ponerme las pilas esta mañana, pero, al final, me levanto de la cama imaginando con gran detalle el siguiente personaje que voy a diseñar.

Bostezando, me dirijo con torpeza al baño y me doy una larga ducha caliente, con la esperanza de espabilarme. Pero no. Ni siquiera me apetece secarme el pelo o maquillarme, pero me obligo a hacerlo de todos modos, ya que no me siento como ayer, cuando pensé que la visión de mi cuerpo desnudo ya no interesaba a Alexei. No era así, claro, pero una estúpida y vanidosa parte de mí todavía tenía miedo de que un día sucediera. Me enferma pensar solo en esa posibilidad. O… quizá sí que estoy enferma.

Ahora que lo pienso, tengo la cabeza embotada

como si tuviera una gripe o un resfriado, y algo de náuseas.

¿Podría estar incubando algo?

Trago saliva con fuerza.

No, no me duele la garganta.

No moqueo.

Y no creo que esté teniendo uno de mis típicos dolores de cabeza.

Me quedo helada.

No. No, no, no.

Desesperada, cuento los días que llevo aquí… y exhalo aliviada.

Aunque si estuviera embarazada, no tendría síntomas tan pronto. La primera vez que Alexei y yo nos acostamos fue hace cuatro días. No soy ginecóloga, pero estoy casi segura de que las mujeres empiezan a mostrar síntomas más adelante. Semanas o meses más tarde. Es demasiado pronto.

Me empieza a palpitar la cabeza, y por primera vez agradezco la sensación. De ahí el malestar que siento: es un dolor de cabeza incipiente. No un embarazo. No puede ser un embarazo.

Utilizamos condones ahora para follar, joder.

Desayunar. Eso es lo que necesito, aunque tenga el estómago revuelto. Necesito comer antes de que el dolor de cabeza empeore, y entonces pediré otro encuentro con las mágicas agujas de Vika.

No estoy embarazada. Me niego a estarlo.

———

ALEXEI ME INTERCEPTA EN EL PASILLO JUSTO CUANDO salgo del camarote. Bajo el brazo musculoso y tatuado lleva un portátil, uno grande, robusto, de los que tienen una buena potencia.

Incipiente dolor de cabeza o no, casi se me cae la baba ante lo que veo.

—¿Eso es para mí? —pregunto sin aire y sin apartar la vista del premio.

—Equipado con el software y las herramientas que necesitarás —responde Alexei, aparentemente divertido, mientras me lo da.

Lo cojo con ansia. Pesa, como debe ser un ordenador para juegos.

—¡Gracias, gracias, gracias!

Hay una sonrisa genuina en los labios de Alexei y un brillo cálido en su oscura mirada.

—Muchas de nada, Alinyonok. Dime si necesitas algo más.

«Libertad. Que me devuelvan los últimos diez años. No haberte conocido». Las cortantes respuestas estallan en mi mente, pero no salen de mis labios. Por una vez, no me siento tentada a criticarlo, y no es por el recuerdo vívido que tiene mi cuerpo de todos los orgasmos.

Siento como si algo hubiera cambiado entre nosotros. Algo inefable pero vital.

—No me iría mal otra sesión con Vika —digo, metiendo el ordenador bajo el brazo—. Me ayudó mucho la otra vez.

La sonrisa de Alexei se desvanece.

—¿Otro dolor de cabeza?

—El comienzo de uno, creo.

Este es un poco diferente, pero no le digo nada sobre eso. Ni le comento que, de repente, me siento mareada.

«Que no sea un embarazo. Por favor, que no esté embarazada».

—De acuerdo. —Me coge el portátil y me guía de vuelta al camarote, donde lo coloca en una silla—. Vuelve a la cama. Haré venir a Vika con el desayuno y el kit de acupuntura.

Estoy tentada a protestar; estoy completamente vestida y embadurnada de protector solar, pero el mareo es cada vez más fuerte y unos puntitos negros empiezan a danzar en los límites de mi visión. Tengo que tumbarme ya, antes de volver a desmayarme.

Como si percibiera la urgencia, Alexei me guía con rapidez a la cama y me ayuda a tumbarme. Cierro los ojos en cuanto la cabeza toca la almohada y respiro de manera superficial; noto que la habitación empieza a girar y eso empeora las náuseas.

Como si hubiera bebido demasiado, solo que no he tomado ni una gota.

Alexei me pasa la mano por la frente, con una palma callosa, fría y seca, y entonces oigo sus pasos y el sonido de la puerta al abrirse y volverse a cerrar.

Aún tumbada, no muevo ni un músculo mientras la habitación sigue girando como si me hubiera bajado de un tiovivo. ¿Qué coño me está pasando? Trago saliva cuando se me acumula en la boca y vuelvo a tragar. No sirve de nada.

Joder. Voy a vomitar.

Corro al baño y abro la taza del inodoro justo a tiempo.

En cuanto he vaciado el estómago, me siento mejor. Tiemblo, aún algo mareada y un poco asqueada conmigo misma, pero al menos las náuseas han disminuido. Mis piernas son como mantequilla, pero me las arreglo para levantarme y caminar hasta el lavabo, donde me cepillo dos veces los dientes y hago gárgaras con el enjuague bucal tres veces. Entonces me fijo en la cara y el pelo, y vuelvo vacilante a la cama, donde me tumbo y cierro los ojos sin querer reconocer lo que se vuelve innegable.

Aunque sea demasiado pronto para tener síntomas, lo más probable es que esté embarazada.

Capítulo 23

Alexei

Alina está pálida e inmóvil en la cama cuando vuelvo al camarote acompañado por Vika.

Crece la presión en mi pecho; la preocupación es como una bestia enfurecida dentro de mí. Dos migrañas en varios días, además del desmayo en nuestra boda..., ¿estará empeorando? ¿Debería llevarla al hospital en vez de depender del equipo de médicos que trae el submarino siguiendo mis órdenes? Incluso con la velocidad extraordinaria del submarino, todavía les quedan tres días para llegar. Y con todo, estamos a cuatro días de cualquier sitio con un hospital decente, así que esta es la opción más rápida para proporcionarle atención médica.

Un pensamiento cruza mi mente, uno tan improbable como terrorífico. Lo descarto de inmediato. Dudo que la haya dejado embarazada tan rápido y, en cualquier caso, solo han pasado un par de días. No sé tanto de la reproducción humana como debería, pero estoy seguro de que pasa un tiempo hasta que las hormonas empiezan a afectar cómo la mujer se siente. A no ser que... Saco el móvil mientras Vika se pone a trabajar, colocando agujas por todo el rostro y cuerpo de Alina.

Una búsqueda rápida confirma que estoy en lo cierto. De acuerdo con todas las fuentes médicas más fiables, los síntomas del embarazo no aparecen tan pronto. Aun así... sigo bajando un hilo de Reddit tras otro, y hay mujeres que juran que sabían que estaban embarazadas desde el primer día. Sus pechos cambiaron o se empezaron a sentir más cansadas o con náuseas. O tenían antojos. O se mareaban. O empezaban a tener dolores de cabeza...

Mierda. Podría estar embarazada.

Contengo el impulso de lanzar mi móvil contra la pared.

Sé que es mi culpa, es justo lo que quería conseguir, pero eso era antes. Ahora, la mera posibilidad me hace querer cortarme la polla. Por irracional que suene, después de aquel sueño. Estoy seguro de que si ella tuviera a mi bebé, moriría, y prefiero arriesgarme mil veces a perderla a manos de los Molotov.

—Todo listo —dijo Vika con suavidad, apartándose de la cama para mirarme—. Volveré dentro de media hora con el desayuno, ¿vale?

Asiento brevemente, acercándome a la cama con prisa. Mientras la puerta se cierra tras Vika, yo me siento en el borde del colchón y tomo la mano de Alina, con cuidado para no moverle las agujas de la muñeca y el codo. Su palma es pequeña comparada con la mía, aunque sus dedos son finos y largos. Lleva las uñas ovaladas pintadas de un rojo brillante. Acaricio el centro de su palma con mi pulgar, maravillado por su suavidad y fragilidad. ¿En qué cojones estaba pensando al querer embarazarla? ¿Someterla a la experiencia más dolorosa y más peligrosa que puede vivir una mujer? ¿En qué piensa cualquier hombre, haciéndole eso a su mujer? He pasado la mañana leyendo el millón de cosas que pueden ir mal durante el embarazo y el parto, y estoy verdaderamente sorprendido de que la humanidad siga existiendo.

Para una mujer, el sexo sin protección es como entrar en zona de guerra, con una nada insignificante posibilidad de muerte, daños internos y trastorno de estrés postraumático.

—¿Cómo te encuentras? —pregunto en voz baja mientras Alina levanta los párpados y deja ver las gemas que son sus ojos—. ¿Sientes alguna mejora? ¿Quieres que te traiga las pastillas para las migrañas también?

—Alguna…, y no —murmura, cerrando los ojos otra vez—. Sigue haciendo eso.

¿Haciendo el qué? ¿Las agujas? ¿Necesita más agujas? Estoy a punto de llamar a Vika cuando me doy cuenta de que Alina se refiere a cómo le acaricio la palma de la mano con el dedo. Se me acelera el pulso y el calor invade mi pecho. Es la primera vez que ha pedido mi roce. Tal vez ella no se haya dado cuenta de que lo ha hecho, pero yo sí y eso marca una gran diferencia.

Inclinándome, le beso levemente la suave mano y entonces continúo acariciándola como me ha pedido. La tensión desaparece poco a poco de su rostro y entonces puedo respirar profundamente mientras se me expande el pecho del alivio.

Necesito que esté bien. Lo necesito más que nada.

Parece que no pasa nada de tiempo antes de que Vika regrese con una bandeja de comida. Para entonces, las mejillas de Alina han recuperado el color. Mientras Vika le quita las agujas, yo le echo miel al bol de trigo sarraceno y le pongo frutos del bosque, igual como se lo he visto hacer a Alina. En la bandeja hay también huevos, tostadas y todo tipo de carnes y pescados para el desayuno, pero tengo la sospecha de que mi Alinyonok no tiene ganas para algo tan pretencioso.

En efecto, una vez se va Vika, Alina arruga la nariz y dice:

—No creo que pueda comer ahora mismo. No tengo hambre

—¿Qué tal unos pequeños bocados? —trato de convencerla, acomodando algunas almohadas detrás de ella para que se pueda sentar—. Solo un poco para estabilizar tus niveles de azúcar.

Suspira.

—Vale.

Trata de alcanzar el bol, pero yo ya estoy ofreciéndole una cucharada de trigo sarraceno y frutos del bosque empapados en miel. Duda por un momento, entonces me deja acercarle la cuchara a la boca. Sonrío, satisfecho a un nivel muy primitivo mientras la observo masticar y tragar la comida que le he dado, y entonces cojo otra cucharada para alimentarla. Obediente, acepta mi ofrecimiento, y la sangre baja hacia mi miembro al ver sus rojos labios cerrarse alrededor de la cuchara.

Joder. Esto no debería ser erótico.

Intento alejar todos los pensamientos sobre alrededor de dónde me gustaría que se cerrasen esos labios carnosos después, pero no lo logro del todo. Todo lo que Alina hace, incluido dormir y respirar, me excita. Ha sido así desde el primer momento en que la vi y solo va a peor. No me canso de ella.

Cada roce, cada beso solo alimenta mi adicción.

Es una buena chica también, comiendo una cucharada tras otra y se lo digo con una voz más ronca de lo que debería. Parece que no le importa. Si acaso, sus párpados están medio abiertos mientras me mira por debajo de sus largas y gruesas pestañas; el pecho se le mueve con un ritmo rápido y poco profundo. Poco después, el bol está vacío y yo estoy tan duro que podría taladrar el suelo marino.

—¿Cómo va tu dolor de cabeza? —pregunto, con la voz ronca del deseo que me evoca.

No tengo ninguna intención de acostarme con ella otra vez. Solo necesito saber que está bien y…

—Mejor —susurra; sus ojos son como dos faros de jade oscuro, líquido y misterioso. Se inclina hacia mí ligeramente, entreabre los labios y, antes de que pueda contenerme, me acerco, atrayéndola hacia mí, inclinando su cara hasta que se encuentran nuestras bocas. Intento parar, pero saboreo la miel y los frutos rojos en su aliento y la beso más intensamente, desesperado por más de ese dulzor, por más de ella.

Y ella me da más. Me rodea el cuello con los brazos y me empuja hacia abajo hasta que estoy encima de ella, presionándola contra el colchón. Sujetándose fuerte, me besa, arqueándose contra mi cuerpo y yo pierdo la lucha contra la lujuria que se apodera de mí.

La tomo como el animal que soy y la única cosa que recuerdo hacer en el último instante es ponerme un condón.

Nunca más pondré en peligro su vida y su salud.

CAPÍTULO 24

ALINA

C ierro los ojos y apoyo la cabeza en el pecho de Alexei, escuchando el continuo latido de su corazón mientras una agradable somnolencia se apodera de mí como resultado de la explosión sensorial que me acaba de destrozar. Mi jaqueca casi ha desaparecido y la hipnótica manera con la que Alexei me pasa los dedos por el pelo hace que no quiera mover ni un músculo.

Ha usado un condón. Otra vez.

No lo entiendo, pero tampoco puedo decir que no lo agradezca. Lo que es estúpido y puede significar el principio del síndrome de Estocolmo porque no debería sentir gratitud hacia el hombre que me ha secuestrado, que me ha obligado a casarme con él y que, quizá, ya me haya dejado embaraza.

Espero a que el pánico se apodere de mí, pero no lo hace. A lo mejor son todas las endorfinas del sexo o el hecho de que no puedo hacer nada si ya ha pasado lo peor, sin embargo, me siento extrañamente calmada sobre la posibilidad de un embarazo. ¿Tal vez estoy atontada por el *shock*? No lo siento, pero, de nuevo, no puedo confiar en mis emociones cerca de Alexei. Su mera presencia altera mis sentidos. Como un gran imán, altera mi concepto del bien y del mal, de la bondad y la maldad… del amor y el odio.

No. Eso último no. Sigo odiando a Alexei Leonov. Es lo único de lo que estoy segura. ¿Y qué si estamos aquí tumbados como amantes? No lo somos. Nosotros somos acosador y víctima, cazador y presa, marido y mujer obligada. Y lo peor de todo, todavía no sé por qué.

¿Por qué yo? ¿Por qué ha pasado por todo esto para tenerme?

Abriendo los ojos, trazo con el dedo las rayas de sus musculosos abdominales.

—Entonces… ¿Es por mi físico? ¿O porque soy guapa y Molotov? —pregunto sin levantar la cabeza.

Una parte de mí tiene miedo de conocer ya la respuesta.

Se ríe, es un sonido suave y profundo que retumba en mi oído.

—No vas a dejar el tema, ¿verdad? —Suspira cuando no respondo—. No es porque seas Molotov. En realidad, eso es un punto en contra. Créeme, preferiría no tener que lidiar con tu familia.

Lo creo. Los Leonov son¹ lo bastante ricos y poderosos como para no necesitar nuestros fondos y conexiones, por eso no he entendido nunca este matrimonio.

—Así que… solo te gusta mi cuerpo.

Mueve su mano a la base de mi cuello y aprieta suavemente, masajeando la tensión que se está acumulando.

—Alinyonok… —dice con tono burlón—. Sabes que nunca me ha faltado la compañía de una mujer antes de conocerte, ¿verdad? Algunos podrían decir que las mujeres con las que he estado son tan atractivas como tú.

Algo verde y desagradable se remueve dentro de mí.

—Esto… sí, ya lo sé.

Se queda callado durante un momento, entonces me pregunta en voz baja:

—¿Te acuerdas del día en que nos conocimos?

—Por supuesto que me acuerdo. —Esa tarde, hace once años, está grabada a fuego en mi mente, como si hubiese pasado ayer.

—¿Qué pensaste cuando me viste por primera vez? —Me mueve de su pecho y me coloca de lado, mirándole. Sus ojos brillan como dos diamantes negros mientras espera mi respuesta—. Cuando nos cruzamos en aquel pasillo, ¿qué pensaste de mí?

Estoy tentada de mentir, pero, ¿para qué serviría eso? Es difícil negar mi atracción por él cuando acabo de deshacerme en sus brazos. Carraspeo, luchando contra el impulso de quitar mi mirada de la suya penetrante.

—Pensé en que eras peligroso... y atractivo. Pero, sobre todo, peligroso.

Si le divierte mi respuesta, no lo muestra. Su expresión no cambia mientras pregunta:

—¿Quieres saber qué pensé yo sobre ti?

—A ver si lo adivino... Que era guapa.

—Hermosa —me corrige—. Y sí, lo pensé, hasta que empezaste a hablar. —Sintiéndome insultada me aparto, pero continua—: Ahí es cuando me enteré de que también eras inteligente y valiente. —Sus labios se curvan en una leve sonrisa—. De hecho, «te están usando de anzuelo».

—Me acuerdo de eso —digo confundida.

Cuando supo quién era yo, pensó que era un cebo menor de edad, una trampa puesta para él. Lo que, de algún modo, era cierto, pero yo no estaba allí específicamente para él. A mis padres les gustaba pasearme delante de todos, prepararme y exhibirme como en una exposición de arte.

Alexei se incorpora apoyándose en su codo.

—Me alegro —dice con suavidad, sin apartar sus ojos de los míos—. Porque yo no he olvidado ni un solo segundo de ese encuentro. Incluso antes de irme de la casa de tus padres aquella tarde, supe que sería difícil olvidarte. Aunque no sabía cómo de complicado sería. Eras como una estrella fugaz atravesando el cielo, tan brillante y tan inusual que me dejaste sin aliento.

Mi cuerpo se estremece bajo la intensidad de su mirada, incluso cuando trato de quitar importancia a sus palabras.

—Supongo que el anzuelo funcionó, ¿no?

—Demasiado bien —confirma—. No pude dejar de pensar en ti durante semanas. Luego meses. Al final, supe que tenía que verte de nuevo, aunque fuese para demostrarme a mí mismo que no eras como te había imaginado. Apenas tenías catorce años, joder. No tenía ningún derecho a pensar tanto en ti y mucho menos a desearte. —Esboza una mueca de burla—. Supuse que te habían preparado para la fiesta, hacerte parecer la mujer que aún no eras, así que, si me cruzaba contigo un día cualquiera, vería que no eras tan especial y podría despedirme de esta obsesión. Me dije que no podías ser tan maravillosa como te recordaba... tan lista y valiente. Pero lo eras.

Le miro a los ojos; el corazón me late con una cadencia irregular. No sé cómo sentirme ante lo que dice, porque también recuerdo la siguiente vez que nos vimos y las consecuencias que tuvo.

—¿Me estás diciendo que no fue por casualidad que me vieras con Dan en la biblioteca? ¿Que fuiste allí a buscarme?

Ni siquiera pestañea.

—Sí. Hice que mi padre consiguiera una invitación a la casa de tus padres y, cuando tu madre mencionó que estabas en una clase de inglés, me excusé para responder un par de correos en mi ordenador y fui a buscarte. Y te encontré... con él.

Se me contrae el estómago y me tumbo bocarriba para mirar al techo.

—Así que lo mataste. Era un hombre inocente que

ni siquiera me había quitado una pelusa de la cara. Y, entonces, decidiste concertar nuestro matrimonio, a pesar de que todavía tenía catorce años.

Digo esto en voz alta para recordarme tanto a mí misma como a él que no importa lo que diga sobre mí, no importa cómo me trate ahora, lo nuestro no es una relación romántica. Ha hecho cosas terribles por su obsesión conmigo y no tengo ninguna duda de que hará más en el futuro.

Mi profesor era un pervertido, pero no merecía desaparecer a manos de Alexei.

Se inclina sobre mí. Sus ojos están completamente negros, su voz es grave y también peligrosa.

—¿De verdad crees que hubiera parado con una pelusa? Te deseaba. Se lo vi en su puta cara.

Trago saliva, observando sus rasgos oscurecidos.

—Pues igual que tú, como has reconocido. ¿Qué diferencia hay?

—Que no actué en base a mis deseos, esa es la diferencia. —Respira profundamente y se gira tumbándose bocarriba a mi lado. Su voz está tensa mientras dice—: Quería hacerlo. Créeme que lo quería. Cuando te vi en la biblioteca aquel día, sin maquillaje y en chándal, aparentabas tu edad y, aun así, te deseaba. Seguías siendo lo más brillante que jamás había visto y pensar en él deseándote, tocándote... Que cualquier chico, cualquier hombre que se fijase en ti te desearía tanto como yo... —Se le hincha el pecho con otra respiración—. No podía soportarlo. Y ahí estabas tú, riñéndome, tan altiva y atrevida con tu barbilla levantada… —Se gira para mirarme de nuevo, con unos ojos brillantes—. Supe en ese momento que tenía que poseerte. Que haría lo que fuese para hacerte mía.

—¿Porque otros hombres podrían desearme? —pregunto atónita, sentándome.

Él se sienta también.

—Porque hubiera tenido que matarlos si movían ficha.

Su tono es neutral, no aparta la mirada. Es como si se pensase que le ha hecho un favor al mundo reclamándome y, así, perdonando todas esas vidas inocentes. Excepto que no las había perdonado todas, ni de lejos. Estaba Josh, quien desapareció después de bailar conmigo en el instituto y ese pobre chico cuyo nombre ni recuerdo que se cayó del tejado después de darme un beso. Y Jorge, en Bali, cuya moto se cayó por un acantilado después de habernos liado.

Podría haber más; hombres que me miraban, que me sonreían, que pasaban a mi lado por la calle. Podían desaparecer por sus pecados y nunca sabré que mis manos también están manchadas con su sangre.

Los mareos vuelven, junto a unas punzadas en las sienes. No me puedo creer que, hace tan solo unos instantes, me sentía agradecida de que hubiese usado un condón. Que quería gustarle por algo más que mi cuerpo, como si el motivo de su loca obsesión compensara todo el daño que ha causado.

Me giro y rebusco entre las sábanas hasta que encuentro el vestido que llevaba antes de que las cosas dieran un giro. Ignorando la mirada punzante de

Alexei, me lo pongo y rápidamente voy al baño, donde me vuelvo a duchar en un esfuerzo vano de borrar el recuerdo del oscuro placer que he experimentado a manos de un psicópata, que ahora es mi marido.

Cuando salgo, casi espero que esté esperándome ahí, listo para hacerlo otra vez, pero no está. En cambio, el ordenador que me ha dado está encima de una cama perfectamente hecha. ¿Ha hecho a Vika o Larson venir y limpiar todo, o lo ha hecho él mismo? Sea lo que sea, cojo el ordenador de buena gana y me tumbo bocabajo mientras lo enciendo.

Es precioso, de aspecto potente y cargado con todo el software que me prometió Alexei, igual que el juego que tengo a medias.

Tratando de no pensar en el dolor de cabeza y las náuseas que empiezan a invadirme, me meto de lleno en él y, para cuando he puesto en marcha la idea para mi siguiente personaje, estoy casi agradecida a Alexei otra vez... Aunque sea por darme un medio con el que olvidarme temporalmente de él y de la realidad que me ha obligado a vivir.

CAPÍTULO 25

ALINA

Han pasado tres días. Al menos yo creo que han sido tres días. Podrían ser dos, o cuatro. Los días y las noches se funden entre ellas porque mis horas de sueño son muy irregulares. Las necesidades sexuales de Alexei me mantienen despierta buena parte de la noche, así que me echo siestas muy largas y la mitad de las veces, cuando me despierto, no estoy segura de si es por la mañana o por la tarde. Cuando Alexei no me está follando, estoy en el ordenador, trabajando en mi juego. Estoy obsesionada; completamente absorta en él. El código, la historia que cobra vida en la pantalla delante de mí…, me consume, tal y como él me consume a mí, aunque de una forma muy diferente.

Además, cada vez estoy más enferma. Se lo estoy ocultando a Alexei, pero no sé cuánto tiempo podré seguir así. Vomito al menos una vez al día y los dolores de cabeza nunca desaparecen del todo, por muchas agujas que me clave Vika. Sin embargo, lo peor son los mareos, porque me asaltan de repente. Puedo estar duchándome, comiendo o trabajando con el ordenador y, cuando me quiero dar cuenta, me siento como si acabara de bajarme del carrusel más rápido del mundo. Por suerte, hasta ahora he estado sola cuando me han dado los peores mareos, así que no creo que Alexei se haya dado cuenta. Al menos eso espero.

No sé muy bien por qué le estoy ocultando esto. Quizá sea porque no quiero darle el gusto de saber que me ha dejado embarazada; a pesar de que parece haber cambiado de opinión al respecto, teniendo en cuenta que, estos últimos días, ha estado recurriendo a los preservativos religiosamente. O quizá todavía esté en la fase de negación, con la esperanza de que solo haya cogido la gripe, y contárselo signifique saberlo con toda seguridad. Teniendo en cuenta sus anteriores planes para mí, tiene que haber escondido un paquete de pruebas de embarazo en algún lugar del yate, y no quiero ver esas líneas rosas. Ahora mismo todavía tengo esperanza. Todavía puedo fingir que esta enfermedad es otra cosa, algo que no me va a cambiar la vida por completo. Pero, por si acaso, no me he tomado ninguna de las pastillas para la migraña ni he bebido un solo sorbo de alcohol. Es irracional, pero incluso aunque no quiero este bebé, no podría vivir conmigo misma si le causara algún daño. Incluso me pregunto si debería empezar a tomar vitaminas. Las embarazadas las necesitan, ¿no? Siempre he llevado una alimentación sana, con mucha fruta, verdura y cereales integrales, pero con estas náuseas que me atormentan todo el día, apenas tengo hambre y lo máximo que puedo hacer es engullir lo suficiente en las comidas para que Alexei no se dé cuenta. Podría estar desarrollando algún tipo de deficiencia, y si hay un bebé…

Maldita sea. Ojalá no hubiese pensado en eso. Dejo el portátil en la otra tumbona y me pongo la mano en el estómago; lo noto más plano de lo normal, casi cóncavo. ¿Habré adelgazado? Eso no puede ser bueno para el bebé. Quizá sí debería decírselo a Alexei para que me compre las vitaminas. Pero si lo hago…

—¿Cómo va el juego?

Salto al oír la voz de Ruslan y giro la cabeza para contemplar el sol radiante que perfila su figura alta y de hombros anchos. No he visto mucho al hermano de Alexei en los últimos días. No ha venido a comer con nosotros, y yo he estado trabajando en mi juego en el camarote, desde donde tengo cerca el baño por si tengo que vomitar. Esta mañana, sin embargo, hace más frío y esperaba que el aire fresco me calmara las náuseas, así que he decidido codificar bajo el alero mientras Alexei disfruta de un baño matutino. Me ha invitado a nadar con él, pero me he negado. No quería correr el riesgo de marearme en el agua. Además, cuanto menos tiempo pasáramos Alexei y yo juntos fuera del dormitorio, mejor.

Sin los recordatorios constantes de la crueldad de mi marido, es demasiado fácil caer rendida a sus encantos y empezar a creer en su visión de nuestro futuro en lugar de lo que sé que es lo más probable para nosotros: un matrimonio terrible como el de mis padres, en el que la obsesión inicial que se disfraza de amor se transforma enseguida en algo mucho más oscuro y mortal.

Aunque Alexei tampoco me ha dicho que me quiera. Fijo que es porque no me quiere.

—Estoy progresando —respondo, acercándome para coger mi ordenador a la vez que Ruslan se mete bajo el alero, vestido con nada más que un bañador y unas gafas de aviador de espejos—. No tengo nada más que hacer, así que eso ayuda.

Ruslan se estira en la tumbona donde estaba el portátil y se entrelaza los dedos detrás de la cabeza. Esboza una media sonrisa burlona cuando gira la cara hacia mí.

—¿Por qué no pasas algo de tiempo con tu nuevo marido? Al fin y al cabo, es vuestra luna de miel.

—¿De verdad? —Mi tono es dulce como el azúcar—. Muy amable por ilustrarme.

La sonrisa de Ruslan se agranda hasta convertirse en una mueca.

—Todavía le odias, ¿eh? Ya le dije que era mala idea.

—¿El ataque al complejo de Nikolai o lo de obligarme a casarme?

La media sonrisa de Ruslan desaparece. Suspira, gira la cabeza para mirar al frente y yo abro el ordenador. Estoy a punto de volver a enfrascarme en el juego cuando vuelve a hablar.

—¿Lyosha te ha hablado alguna vez de nuestra

infancia? ¿De aquellos primeros años tras la muerte de nuestra madre?

Se me paralizan las manos sobre el teclado. No debería picar, pero no puedo evitarlo. El cebo es demasiado jugoso.

—Me temo que no —respondo, igualando su tono conversacional.

Ruslan vuelve a girarse hacia mí y veo mi reflejo distorsionado en sus gafas de sol.

—No conoces en absoluto al hombre con el que te has casado, ¿verdad?

—El hombre con el que me han obligado a casarme, querrás decir.

La expresión de Ruslan no cambia.

—Pues deberías conocerle. Independientemente de cómo empezara lo vuestro, vais a pasar toda la vida juntos.

Desvío la mirada. No quiero pensar en eso, en los años y las décadas que nos esperan. En los hijos que nos atarán, que me unirán a Alexei hasta que no sea más que una mera prolongación suya.

En el pequeño grupo de células que puede estar creciendo dentro de mí, sellando mi destino.

Trago saliva para contener una repentina oleada de náuseas. Ruslan tiene razón. Debería conocer a mi marido, aunque solo sea para no tener que criar un hijo con un desconocido aterrador.

Además, me da mucha curiosidad, y el hermano de Alexei parece dispuesto a hablar.

Decido empezar con algo pequeño e inofensivo.

—¿Tu familia siempre lo ha llamado Lyosha? —pregunto, devolviéndole la mirada a Ruslan.

«Alyosha» es la versión abreviada de Alexei. Así es como yo, como su esposa, lo llamaría en casa si alguna vez me atreviera a ser tan informal. «Lyosha» es aún más informal. Me recuerda a un niño de pueblo que corretea y trepa árboles con las rodillas raspadas y los pantalones demasiado cortos.

¿Así era Alexei de niño? Es difícil de imaginar. Cuando lo conocí, ya era casi un hombre..., ya era peligroso y magnético.

—Nuestro padre siempre lo llamaba Alexei —responde Ruslan—, pero mamá lo llamaba Lyosha, y Ksenia y yo también.

Ksenia. La madre de Slava. La hermana que perdieron. Se me encoge el corazón y me aumentan las náuseas. Trago saliva otra vez y hablo deprisa para distraerme de esa desagradable sensación.

—¿Estabais los tres muy unidos de pequeños?

—Mucho, pero no de la forma típica —responde Ruslan—. Cuando murió nuestra madre, Lyosha cuidó de nosotros. Pese a ser solo dos años mayor que yo, asumió el papel de segundo padre tanto para mí como para Ksenia.

Ruslan sonríe, y por primera vez hay algo de infantil y genuino en la curva de sus labios.

—Nos daba sopa de pollo cuando estábamos enfermos, a pesar de que teníamos una niñera que podía hacerlo. Nos contaba historias sobre nuestra madre y nos enseñaba fotos. Y todas las noches, cuando la niñera se iba a dormir, me metía en su cama y él me leía tal y como solía hacer nuestra madre. Cuando Ksenia tuvo la edad suficiente, también se venía. Nos acurrucábamos a su alrededor mientras nos leía nuestros cuentos favoritos y luego nos arropaba para que nos fuéramos a dormir. Fue así hasta que yo cumplí doce años y Ksenia nueve.

Estoy tan cautivada que me olvido de que tengo el estómago revuelto. Aunque parezca extraño, me resulta muy fácil imaginarme a Alexei en el papel de cuidador; quizá porque ya he visto esa faceta suya.

—¿Por qué dejó de hacerlo? —pregunto.

Ruslan se encoge de hombros y se le borra la sonrisa.

—Decidí que ya era demasiado mayor para cuentos antes de dormir y Ksenia no quería sentirse como una niña pequeña, así que dijo que ella también era demasiado mayor. Lyosha hacía como que estaba aliviado, pero en retrospectiva, creo que estaba dolido. Fue mejor así porque, poco después, nuestro padre nos envió a los dos a una escuela militar en Novosibirsk, y Ksenia se quedó.

—¿Se quedó sola con tu padre? —pregunto en voz baja.

A Ruslan le cambia la expresión. Es un cambio sutil que no habría notado si no lo hubiera estado mirando fijamente, pero, así como está, capto la ligera tensión de su mandíbula y la compresión de sus labios.

—Sí —dice con firmeza—. Con nuestro padre.

Me muero por indagar más en ese tema, pero

intuyo que esas preguntas no serán bien recibidas. Así pues, vuelvo al asunto del que Ruslan sí está dispuesto a hablar.

—Alexei y tú parecéis tener ahora una relación de hermanos más típica —digo, recordando todas las veces que los he visto interactuar—. ¿Fue algo que surgió a medida que los dos crecisteis?

—Más o menos —dice Ruslan, mientras la tensión desaparece de sus facciones—. Estar lejos en la escuela fue el verdadero catalizador. Cuando llegamos allí, Alexei se convirtió en mi protector, pero yo quería demostrar a los demás niños que no necesitaba que mi hermano intercediera por mí, así que, como era un preadolescente tonto y fácil de avergonzar, no paraba de pelearme con él y de apartarlo de mi lado.

Suspira y mira al frente.

—Durante un par de años al principio de mi adolescencia, apenas nos hablábamos. Luego me di cuenta de lo gilipollas que estaba siendo y volvimos a conectar; esta vez como hermanos de edades cercanas, con todo lo que eso conlleva. —Me mira—. ¿Y tú siendo la menor? ¿Te cuidaban tus hermanos?

Asiento con la cabeza.

—Aún me siguen cuidando.

De hecho, es muy probable que me estén buscando en cada rincón en este mismo momento, pero no lo digo. Con todos sus espías y *hackers*, mis captores saben lo que traman mis hermanos mejor que yo.

Ruslan debe de interpretar mis palabras como una advertencia, porque vuelve a suspirar y se quita las gafas de aviador. Dirige sus ojos grises como tormentas hacia mí y me dice en voz baja:

—Alina, escucha... Sé que crees que toda esta situación es una auténtica mierda, y no te culpo. La forma en la que mi hermano se casó contigo es... inusual, por no decir otra cosa. Pero será un buen marido para ti. Y un buen padre para tus hijos. Créeme, lo sé.

Resoplo y miro hacia otro lado. Ahora entiendo los planes de Ruslan, por qué ha decidido hablar conmigo y dibujarme esta conmovedora historia de su infancia. Alexei el cuidador, Alexei el protector... Se supone que tengo que tragarme todo ese cuento de hadas. Pero yo crecí en una familia como la suya y sé la verdad: si esto fuera un cuento de hadas, Alexei no sería mi caballero de armadura reluciente.

Hay mucho de dragón en su interior.

—A ver si lo adivino... —digo, girándome para enarcar las cejas mirando a Ruslan—. Alexei es quien me cuidará ahora, ¿verdad? ¿Me protegerá tal y como han hecho siempre mis hermanos?

La mirada de Ruslan es firme.

—Lo hará. Se le da bien.

—¿Se le da bien el qué?

Se me acelera el pulso al oír la voz profunda de Alexei y, al girarme, lo veo plantado bajo el sol a unos metros de distancia, con su cuerpo alto y fuerte reluciente tras el chapuzón. Respiro con fuerza. Aunque nos hemos acostado dos veces esta mañana y me estoy mareando cada vez más, se me contraen las tripas y la braguita del bikini se me humedece de manera bochornosa.

—Ser gilipollas, por supuesto —responde Ruslan con una sonrisa burlona mientras se vuelve a poner las gafas de sol—. Estaba entreteniendo a tu esposa con historias de nuestra ilustre infancia. Como la habías dejado sola...

Alexei entrecierra los ojos.

—¿Por qué no vas a entretenerte? A otra parte. —Su voz es grave y peligrosa, lo que me hace darme cuenta de que vuelve a estar celoso de su hermano.

La sonrisa de Ruslan crece.

—Con mucho gusto. —Se levanta con elegancia—. Os dejo solos.

Se aleja, y yo mantengo los ojos alejados de su musculosa espalda, tanto porque no me interesa lo más mínimo como porque ya no me apetece provocarle celos a Alexei. Aunque la historia de Ruslan no ha hecho que me enamore mágicamente de su hermano, sí ha hecho que me arrepienta de cualquier tensión que pudiera haber generado en su relación.

No me quiero interponer entre ellos, ni siquiera para anotarme ningún tipo de victoria dudosa en esta peculiar guerra entre Alexei y yo. Además, en los dos últimos días tampoco me lo ha parecido tanto. Del mismo modo que las náuseas matutinas me debilitan el cuerpo, la inagotable atención de Alexei debilita la determinación que tengo de odiarle. Nunca deja de fijarse en mí, y eso es tan halagador como preocupante.

Como la menor de cuatro hermanos, y única chica,

estoy acostumbrada a estar en un segundo plano. Ninguno de los hitos de mi infancia fue especial para mis padres porque ya habían pasado por ello tres veces. Casi todo lo que conseguía —aprender a leer a los cuatro años, aprobar mates, trepar el árbol más alto del patio— ya lo había hecho alguno de mis hermanos, y mejor que yo. Ni siquiera podía competir en belleza, porque mis hermanos también eran niños guapos gracias a sus facciones características de los Molotov y mamá recibía muchos cumplidos por ello. No fue hasta que alcancé la pubertad cuando ella empezó a interesarse más por mí, ya que no podía vestir a sus hijos con trajes de diseño, peinarlos ni maquillarlos. Pero, para entonces, ya estaba acostumbrada a que me dejaran a mi aire: mis juguetes, mis libros y, sobre todo, mis videojuegos.

Con Alexei es distinto. Tengo la sensación de que soy el centro de su mundo. Al menos, si hemos accedido a creerle, soy la única mujer a la que ha querido en los últimos once años. A una parte de mí todavía le cuesta entenderlo, pero no veo razón para que mienta. Sus acciones, por horribles que sean, hablan por sí solas.

Incluso ahora, está mirando a Ruslan mientras este se tira por la borda para nadar.

Siento que la saliva me inunda la boca mientras mi mareo aumenta de forma repentina.

Mierda.

Me pongo de pie y me balanceo un poco. Puto mareo. Me esfuerzo por disimularlo, pero no sé si lo consigo. La mirada de Alexei se desvía hacia mí como el láser de un francotirador que apunta a su objetivo, y entrecierra los ojos.

Me cago en todo.

—Necesito ir al baño —digo, tratando de mantener un tono normal, aunque hasta yo noto la tensión en mi voz.

La cabeza me palpita y un sudor frío me recorre la piel mientras me tambaleo hacia las escaleras, hasta darme cuenta de que no hay manera de conseguirlo. Temblorosa, cambio de dirección y me dirijo a estribor, pero tampoco lo logro.

Los fuertes brazos de Alexei me rodean por la espalda apenas empiezo a caerme hacia delante, y vomito en el suelo de madera, esquivando sus pies por tan solo unos centímetros.

Al principio me encuentro demasiado mal como para avergonzarme. Este ha sido el peor episodio hasta ahora. El ácido me quema el esófago, tengo la piel pálida y húmeda por todas partes y estoy tan mareada que, si él no me sujetara, me desplomaría sobre el suelo sucio. Pero él me abraza, murmurando palabras consoladoras, aparentemente ajeno a lo desagradable del asunto, y cuando me da la vuelta y me levanta contra su pecho desnudo en un abrazo nupcial, me siento pequeña, indefensa… y cuidada.

Es entonces cuando me invade la vergüenza, pero él ya está caminando y me lleva al camarote. Hundo la cara en su hombro, sintiendo la humedad de su piel, saboreando la sal de su baño, y unas lágrimas calientes me inundan los ojos al mismo tiempo que aumentan las palpitaciones de mis sienes.

Estoy embarazada.

No tengo ninguna duda.

Y ahora él también lo sabe.

Capítulo 26

Alexei

Mi caja torácica parece hecha de cemento y mis pulmones incapaces de abrirse para una respiración completa cuando dejo con cuidado a Alina de pie en el baño y la sujeto por la espalda mientras se enjuaga la boca y se lava los dientes, evitando todo el tiempo mi mirada en el espejo.

Mierda.

Llevo días sospechándolo, temiéndolo.

Mi plan ha salido demasiado bien.

Está embarazada de un hijo mío.

Y estoy acojonado.

—¿Por qué no me lo has dicho antes? —Mi voz suena tensa y enfadada, aunque el único enfado que siento es conmigo mismo. No es la primera vez que se encuentra mal, estoy seguro. En los últimos dos días ha vuelto varias veces al camarote y me la he encontrado en la cama, con la piel del mismo tono verde pálido que tiene ahora.

Ha estado vomitando y no me lo ha dicho. Estaba sufriendo y me lo ha ocultado.

Escupe la pasta de dientes y por fin se cruza con mi mirada en el espejo. Tiene rastros oscuros de rímel en las mejillas.

Rastros de lágrimas.

Se me revuelven las tripas y la jaula de cemento que rodea mis pulmones se contrae cuando responde con un hilo de voz ronca:

—No quería que lo supieras.

Por supuesto que no quería. ¿Por qué iba a querer?

Yo se lo he hecho.

Yo la obligué.

Y ahora ella podría morir, igual que mi madre.

Me empleo a fondo para mantener la misma expresión y el mismo tono.

—Hay un submarino que viene a por Ruslan dentro de unas horas. A bordo hay un grupo de médicos con el equipo suficiente para montar una pequeña clínica. Te examinarán y entonces lo sabremos con seguridad.

Sus ojos se abren de par en par mientras hablo, y entonces lo veo.

Una chispa de esperanza en su mirada.

Puede que se esté preguntando si puede convencer a uno de los médicos para que la ayude a avisar a sus hermanos.

En circunstancias normales, sentiría un oscuro placer al arrebatarle esa esperanza, pero ahora solo puedo pensar en el hecho de que ya está enferma. Que el bebé, por pequeño que sea, ya le está haciendo daño, y que todo es culpa mía. Así que me callo el hecho de que los médicos han sido seleccionados y analizados de forma muy meticulosa, y que comprenden las consecuencias que tendría para ellos y sus familias que los Molotov se enteraran de nuestra ubicación.

Su implacable deseo de escapar es ahora secundario para mí.

—Ven —le digo después de que se lave la cara, quitándose los restos de rímel y el resto del maquillaje—. Deja que te lleve a la cama. Necesitas descansar.

—No, espera, necesito... —Se acerca a los cajones con el maquillaje, y yo la alejo con suavidad.

—Eso puede esperar.

—Además, me encanta su cara así, sin nada que tape su belleza natural. Su piel pálida tiene un brillo nacarado que la base de maquillaje suele ocultar, y su boca sin pintar parece suave y vulnerable, con el arco de cupido de un dulzor beatífico. Otras mujeres parecen más sencillas y accesibles sin maquillaje, pero no mi Alinyonok. Es etérea, angelical... e infinitamente más tentadora.

Haciendo caso omiso de sus protestas, la levanto y la saco del baño para llevarla a la cama, y allí la tumbo, le quito las sandalias de tacón de los pies y la tapo con la manta. Cierra los ojos y respira de manera entrecortada, como si aún tuviese náuseas.

Joder. Me pregunto si también le duele la cabeza.

Ignorando la presión que siento en el pecho, cojo el teléfono y le mando un mensaje a Vika para que venga con sus agujas. Luego me siento en el borde de la cama, saco con cuidado una de las delgadas muñecas de mi mujer de debajo de la manta y empiezo a masajearla por dentro con el pulgar, como a ella le gusta.

Pienso arreglar esto.

Haré que mejore.

Todavía no sé cómo, pero lo conseguiré.

Capítulo 27

Alina

Me despierto de la siesta cuando oigo voces desconocidas en la puerta del camarote. Son un hombre y una mujer que hablan una mezcla de ruso e inglés con diversos acentos.

Se me acelera el pulso.

Son los médicos.

Ya están aquí. Al parecer, han llegado en submarino.

Me incorporo y noto con alivio que las náuseas y el mareo han desaparecido. Las agujas de Vika me han ido bien, junto con la magia que pueda haber en las caricias de Alexei.

En este cuento de hadas tan retorcido, puede que él sea más el mago malvado que el dragón, atrayéndome lenta pero inexorablemente bajo su hechizo.

Bueno, pues me da igual. Esta es mi oportunidad.

Salto de la cama y me apresuro a ir al baño, donde me adecento y me pongo presentable. Justo al salir, llaman a la puerta del camarote.

—¡Pasa! —exclamo, alisándome el vestido con las palmas de las manos.

Todo un equipo de personas entra en tropel al camarote: cuatro hombres y una mujer, además de Alexei. Tiene el rostro sombrío y tenso, la mandíbula apretada en una expresión dura y peligrosa.

¿Tan preocupado está por mí?

No. Me niego a contemplar esa posibilidad. Sea lo que sea lo que subyace a su obsesión de una década conmigo, dudo que sea nada parecido al amor genuino. Si de verdad estuviera enferma y no solo embarazada, dudo que me quisiera. En alguna otra ocasión, ya se ha mantenido al margen cuando he estado enferma.

Este amargo pensamiento me coge desprevenida. Quería que se alejara, que me dejara en paz tras la muerte de mis padres, ¿no? Cada encuentro con él desencadenaba los dolores de cabeza y la depresión, así que agradecí que me acechara desde lejos en lugar de meterse con calzador en mi vida.

No le guardo rencor por haberse alejado.

No puedo.

Eso no tendría ningún sentido.

Alexei empieza a presentar a los recién llegados, así que me obligo a concentrarme.

—...en Suiza y es uno de los mejores neurólogos de Europa —dice sobre un hombre bajito y con gafas que lleva unos pantalones grises de lino y una camisa blanca, también de lino.

—Un placer, señora Leonov —dice en un inglés con

acento francés el neurólogo suizo, cuyo nombre no he pillado—. Es un placer conocerla.

Le dedico mi sonrisa más encantadora, aunque por dentro me estremezco al oír «señora Leonov».

—El placer es todo mío.

—Y esta es la doctora Elizaveta Sergeyevna Bureva —continúa Alexei, señalando con la cabeza a la única mujer, una rubia de mediana edad que lleva un vestido azul marino de manga corta—. Es una de las mejores ginecólogas de San Petersburgo.

Me tiembla el pulso al oír lo de «ginecóloga».

—Encantada de conocerte —le digo, cambiando al ruso.

Bureva asiente cortésmente y responde en un inglés con acento ruso:

—Igualmente, Alina Vladimirovna.

Mientras continúan las presentaciones, me entero de que los otros dos hombres —el doctor Rousseau, gastroenterólogo, y el doctor Whitman, hematólogo— son de Londres, donde cada uno tiene su propia clínica. No tengo ni idea de cómo ha conseguido Alexei reunir a un equipo de talla mundial con tan poca antelación, ni qué clase de submarino los ha traído hasta aquí, pero, por lo que a mí respecta, cuantos más seamos, mejor.

Seguro que alguna de estas personas cometerá un error que, de algún modo, dará pistas a mis hermanos sobre mi paradero. Podría ser algo tan inocuo como una nota en la nube sobre mí o una transferencia bancaria a una de sus cuentas de los Leonov.

Konstantin probablemente tiene a sus hackers escaneando la red, buscando ese tipo de cosas.

Me lo imagino, a mis hermanos viniendo a por mí, y se me hace un nudo en el estómago mientras vuelven las náuseas, junto con un leve latido en las sienes.

Maldita sea. Ni siquiera puedo disfrutar fantaseando con una fuga.

Con esfuerzo, vuelvo a centrarme en la conversación.

—...permiso, nos gustaría sacarle sangre, hacerle unas pruebas y una resonancia magnética de todo el cuerpo, centrándonos en el cerebro —me dice el neurólogo.

Parpadeo.

—¿Han traído una máquina de resonancia magnética? Pero ¿no son enormes y requieren habitaciones especiales y todo eso?

—No este prototipo en concreto —responde—. En realidad es una unidad móvil que requiere menos energía, aunque eso no es un problema aquí. —Mira con admiración a Alexei.

Frunzo el ceño confundida.

—Ah, ¿no? —¿No estamos en un barco en medio del océano?

—El submarino funciona con energía nuclear —explica Alexei tan despreocupadamente como si estuviéramos hablando de cómo se hace un pastel—. Es otro uso de nuestros reactores portátiles.

Si Nikolai o Valery estuvieran aquí, querrían saberlo todo. Atomprom, una de las empresas de los

Leonov, es el principal rival de la empresa nuclear de mis hermanos. Por otra parte, tal vez ya lo saben todo y están trabajando en un uso similar para nuestros reactores nucleares portátiles. En cualquier caso, ahora tengo otras cosas de las que preocuparme, como que estoy empezando a marearme otra vez.

Con la esperanza de ocultarlo, me siento de la forma más discreta posible.

Aunque parece que no lo bastante discreta. Alexei me mira y entrecierra los ojos.

—¿Vuelves a marearte?

Supongo que no tiene sentido ocultarlo ahora. A fin de cuentas, estos médicos están aquí por mí.

—Un poco —digo y respiro hondo mientras las punzadas en las sienes vuelven a empezar—. Creo que es otro dolor de cabeza.

Los médicos ya han sacado sus libretas.

—¿Podría describirnos sus síntomas, señora Leonov? —pregunta Rousseau.

Inhalo y exhalo lentamente.

—Náuseas, vómitos, mareos ocasionales. Me he desmayado una o dos veces. Dolores de cabeza y migrañas, pero los he tenido siempre, así que...

—¿Desde cuándo? —me interrumpe el neurólogo, cuyo nombre debería aprenderme—. ¿Cuándo empezó cada síntoma?

—Los dolores de cabeza los tengo desde el final de mi adolescencia. Empeoraron cuando..., bueno, hubo algunos problemas familiares cuando tenía diecinueve años. —Trago saliva e intento no pensar en los recuerdos—. Las náuseas y los mareos, desde la última semana o así.

«Desde que Alexei me dejó embarazada», quiero añadir, pero no lo hago porque es su trabajo determinarlo. No sé por qué esto requiere todo un equipo de especialistas en lugar de un ginecólogo-obstetra, o incluso solo una prueba de embarazo básica de farmacia.

No estoy enferma de verdad.

—¿Así que no ha sentido mareos ni náuseas antes? —insiste el neurólogo—. ¿Ni durante las migrañas?

—Ah. Bueno, sí, suelo tener náuseas durante episodios particularmente malos. Y mareos… —Recuerdo—. Sí, supongo que a veces.

Los analgésicos que tomo me dejan inconsciente la mayor parte del tiempo, y eso me marea.

—¿Tiene algún otro síntoma gastrointestinal? —pregunta Rousseau mientras toma notas—. ¿Estómago revuelto, diarrea, algo por el estilo?

—La verdad es que no. A ver…, tal vez un poco por los medicamentos, sí —admito.

Rousseau levanta la cabeza.

—¿Qué medicamentos? ¿Qué toma?

Suspiro y enumero todas las pastillas que me han recetado a lo largo de los años. A medida que avanzo, veo las miradas de desaprobación de los médicos.

—Los analgésicos son lo único que me ayuda de verdad —digo a la defensiva cuando terminan de garabatear sus notas—. No soy adicta, lo juro.

Es posible que haya abusado de las pastillas en

algunos momentos de mi vida, pero siempre he podido parar.

—También fuma hierba —dice Alexei, y yo le lanzo una mirada sombría mientras los médicos siguen tomando notas.

—¿Cuándo fue su último periodo menstrual? —pregunta Bureva, con el bolígrafo preparado—. ¿Hay alguna posibilidad de que esté embarazada?

Por fin, llegamos a alguna parte.

—Hace unas tres semanas... y sí, es posible.

Lanzo otra mirada a Alexei, pero no me mira. En lugar de eso, mira a la ginecóloga, que por alguna razón frunce el ceño mientras toma notas.

—¿Cómo son sus episodios de vértigo? —le pregunta el neurólogo—. ¿Puede describirme uno, por favor?

Suspiro, algo frustrada.

—¿Por qué? Estoy embarazada, ¿vale? Es eso. Háganme orinar en un palito y acabemos de una vez.

Mi tono es agudo, pero no puedo evitarlo. El dolor de cabeza empeora por momentos y me aparecen esos puntos negros en la visión. Si no me tumbo, me desmayaré y, entonces, harán su agosto.

Bureva levanta la vista de la libreta.

—Si sus cálculos son correctos, es poco probable que tenga náuseas matutinas, Alina Vladimirovna. —Su tono es uniforme y un tanto distante—. Puesto que no ha tenido ninguna falta todavía, sus niveles de hCG no deberían ser tan altos como para causar síntomas tan fuertes. Pero como siempre hay excepciones, le haremos una prueba de embarazo. De momento, ¿podría decirme cuánto duran sus ciclos y si son regulares?

¿Qué está diciendo? Si no es un embarazo, ¿qué podría ser?

Me humedezco los labios. De repente siento la boca seca.

—Unos veintiocho días, y sí, bastante regular.

—Una vez más, ¿podría describirme sus mareos? —me pregunta el neurólogo—. Siento insistir, pero esto es importante. Cuando se marea o se desmaya, ¿ve algún tipo de luces o puntos intermitentes?

Un extraño escalofrío invade mi estómago.

—Puntos, supongo.

—¿Nada de *flashes*? —insiste.

—Sí hubo *flashes*, pero de cámara. En la boda. El hermano de Alexei estaba haciendo fotos y... —Me encojo de hombros con impotencia y lanzo una mirada a Alexei.

Está de pie como una estatua, mirándome fijamente, con la mandíbula tan tensa que temo que se rompa los dientes. ¿Está enfadado? ¿Molesto? Se me hace un nudo en el estómago y vuelvo la mirada a los médicos, que hablan entre ellos en voz baja.

—Tenemos que conocer el resto de su historial médico, señora Leonov, y luego le haremos todas las pruebas —dice Rousseau.

Asiento con la cabeza, tragando saliva para contener una oleada de náuseas, y me esfuerzo por responder a todas sus preguntas. Cuando terminan,

Whitman me saca sangre —una cantidad desorbitada: unos quince viales— y Alexei me sube a cubierta, ignorando, como siempre, mi insistencia en que puedo andar. Ruslan, Larson y Vika están arriba, los tres de pie junto a las barandillas y mirando algo.

Ese algo es el submarino. Está junto al yate; la parte superior sobresale del agua como la voluminosa aleta metálica de un tiburón. No tengo ni idea de lo grande que es debajo del agua, pero la parte visible es al menos del tamaño de este yate. No sé bien qué me imaginaba, pero desde luego no era nada tan gigantesco, eso seguro. ¿Es un submarino militar? Sospecho que sí, y en tal caso, me pregunto de qué ejército lo han sacado los Leonov, o para qué ejército lo fabrican.

Con los Leonov, nunca se sabe en qué turbios asuntos están metidos.

Tengo un millón de preguntas en la cabeza, pero no hay tiempo para hacer ninguna porque Alexei me lleva a la escalera de estribor y me coloca ante ella.

—¿Crees que puedes bajar por ahí? —pregunta, señalando con la cabeza una balsa hinchable que se balancea en el agua—. Si no, te ataré a mí y te bajaré a mi espalda.

—Sí, puedo bajar —digo, infundiendo en mi tono toda la confianza que puedo reunir—. En serio, estoy bien.

No parece que me crea, pero dice:

—De acuerdo. Yo bajaré primero, así podré agarrarte si pasa algo. Ruslan, vigílala en los primeros peldaños.

El hermano de Alexei ya está a mi lado.

—Yo me ocupo —dice sin ni siquiera una pizca de su sarcasmo habitual—. La tengo, no te preocupes.

Pongo los ojos en blanco y me agarro a la escalera. Que yo sepa, el embarazo —porque sigo convencida de que eso es lo que es— no te convierte en inválida. Tratando de no pensar en las náuseas y los puntitos negros que veo, empiezo a bajar y los fuertes brazos de Alexei me atrapan en cuanto estoy a su alcance. Luego la balsa nos lleva al submarino, y entonces toca bajar de nuevo; esta vez, a las profundidades de la enorme nave submarina.

Hay al menos un pasillo largo, con un montón de puertas a ambos lados, y detrás de una de esas puertas hay una sala con todo tipo de equipos médicos. Alexei me lleva hasta allí, una vez más, a pesar de que puedo andar perfectamente sola y se lo he dicho. El neurólogo nos sigue. Supongo que será él quien controle la máquina móvil de resonancia magnética que hay en medio de la sala. Lo de «móvil» es discutible. La máquina es enorme, lo que tiene sentido si tenemos en cuenta que se trata de un escáner de cuerpo entero.

Al acercarme, se me ocurre algo.

—Espere —digo, volviéndome hacia el neurólogo—. ¿Esto es seguro para el embarazo? No quiero… —Trago saliva y desvío la mirada hacia Alexei, que me observa con una expresión peculiar—. No quiero que nada le haga daño al bebé, si es que estoy embarazada.

Que lo estoy. Estoy segura.

—La resonancia magnética no es perjudicial para un feto en desarrollo —afirma el médico.

Respiro hondo.

—De acuerdo, entonces. Hagámoslo.

Quizá, en cuanto me haya quitado de encima todas estas pruebas, podré dejarles una nota a escondidas a los médicos para que se la pasen a mis hermanos… o se me ocurrirá algo aún mejor mientras la resonancia magnética hace lo suyo.

CAPÍTULO 28

ALINA

Termina el escáner y no se me ha ocurrido nada mejor. De hecho, ni siquiera sé si podré escribir una nota sin que Alexei la vea. Como no tengo acceso a papel ni a útiles de escritura, tendré que pedir prestado uno de los bolígrafos y blocs de notas de los médicos, y no tengo ni idea de cómo hacerlo de forma sutil.

Por supuesto, es posible que no se me ocurra nada bueno por el fuerte dolor de cabeza que me invade, un dolor de cabeza que empeora infinitamente con todos los ruidos, pitidos y golpes dentro de la máquina. Era tan fuerte que agradezco no haber vomitado mientras estaba allí. Durante unos minutos, ya hacia el final, me sentía a punto. Todavía me siento así, de hecho.

Debo de tener el rostro verdoso cuando salgo de la máquina, porque Alexei me levanta al instante y me lleva a través de una puerta a lo que resulta ser un pequeño cuarto de baño. Me estoy acostumbrando tanto a que me lleve en brazos que ni siquiera me molesto en protestar. También me tiemblan un poco las piernas.

—Bureva quiere tu muestra de orina —me dice, poniéndome cuidadosamente de pie junto al inodoro, encima del cual ya espera un vaso de plástico sellado—. ¿Crees que puedes hacerlo o te ayudo?

Tierra trágame.

—Sí, ya me las arreglo sola. Sal, por favor.

No solo no pienso mear delante de él —ni ahora ni nunca—, sino que necesito que se vaya para poder vomitar sin morirme de la vergüenza.

Alexei me mira fijamente.

—Estaré fuera. Llama si necesitas algo y no cierres la puerta. La echaré abajo como me la encuentre cerrada.

No sé cómo, consigo hacer una mueca.

—Sí, doctor Leonov. Ahora, por favor, váyase.

Sale y yo me agarro al borde del lavabo. Las náuseas remiten un poco. Quizá no acabe vomitando. Por si acaso, me recojo el pelo y respiro lenta y profundamente. Esto último no ayuda mucho. El aire está viciado, quizá porque estamos bajo el agua. A pesar de todo, lleno el vasito de la muestra solicitada sin vomitar y, para cuando me he lavado las manos, las náuseas han remitido un poco más.

—Está ahí —le digo a Alexei cuando salgo—. ¿Quedan más pruebas?

Claro que sí. Bureva me hace un examen pélvico y una ecografía. Para cuando todo esto termina y Alexei me lleva de vuelta al yate, estoy tan agotada que ya no me entusiasma el plan de pasarles subrepticiamente una nota a los médicos.

¿A quién quiero engañar? Aunque lo consiguiera, puede que la leyeran y se la dieran a mi marido.

Así pues, cuando los médicos entran al camarote al cabo de unos minutos, no me molesto en intentar nada. Necesito todas mis fuerzas para sentarme junto a Alexei, apoyada en su brazo que me rodea, y no pedirles analgésicos para la migraña que me está partiendo el cráneo.

Me duele tanto la cabeza que al principio no me doy cuenta de la gravedad en el rostro de los médicos. Pero Alexei sí. Su cuerpo se convierte en piedra junto al mío, y eso me da la pista de que algo va muy mal.

El neurólogo —cuyo nombre finalmente sé que es doctor Kressler— tiene un expresión especialmente sombría.

—Señora Leonov —dice, con las cejas fruncidas y un acento francés más pronunciado—. Me temo que tengo malas noticias. —Respira hondo—. La resonancia magnética muestra una masa en el lóbulo frontal.

Le miro fijamente, sin comprender.

—¿Una masa?

—Un tumor —aclara—. No puedo darle un diagnóstico definitivo sin una biopsia, pero sospecho que puede ser un tipo de glioma, posiblemente un oligodendroglioma, un tipo de tumor cerebral que se desarrolla a partir de células gliales llamadas oligodendrocitos.

«Un tumor cerebral. Es decir, cáncer. En mi cerebro».

Alexei me aprieta con el brazo y me cuesta respirar. O quizá no puedo respirar porque las palabras que salen de la boca del médico me aprietan el cuello y la garganta como un puño. Tengo la mente en blanco, como si tuviera interferencias en el cerebro. ¿Es cosa del tumor? No, eso no tendría sentido. Hace un minuto, aún podía pensar, incluso con el dolor de cabeza. Un tumor no puede actuar tan rápido..., ¿verdad?

La voz de Alexei, áspera y tensa, me llega como desde lejos.

—¿Qué se puede hacer? ¿Se puede curar?

—No hay cura como tal —empieza Kressler, que palidece al reparar en la expresión que ve en la cara de Alexei. Rápidamente, corrige—: pero hay tratamiento, por supuesto. Este tratamiento dependerá del diagnóstico exacto, incluido el grado del tumor. Lo único que puedo decirle con seguridad es que será una intervención quirúrgica, durante la cual extirparemos la mayor parte posible del tumor y le haremos una biopsia. Si se trata de un tumor de crecimiento lento, es decir, de un bajo grado, puede que baste. Pero si es anaplásico, de alto grado y crecimiento rápido, como sospecho que puede ser, dado su aspecto en los escáneres, también habrá que hacer radioterapia y quimioterapia.

«Cirugía. Radioterapia. Quimioterapia».

Cada palabra es como el golpe del hacha de un

verdugo, que corta el ruido blanco zumbante y me hace espabilar de la impresión que me mantiene paralizada.

—El pronóstico... —digo con voz tranquila, aunque no sé cómo lo consigo—. ¿Cuál es la esperanza de vida si es un *oligo lo que sea* de alto grado? ¿Cuánto tiempo me queda?

Kressler traga saliva, mira hacia a la derecha, seguramente a Alexei.

—Cada caso es individual, así que no puedo decírselo con seguridad. Hay muchos factores que influyen: la edad del paciente, la localización exacta del tumor, si hay una codeleción de las regiones 1p/19q...

—Lo que usted crea más aproximado —dice Alexei, con un tono tan agudo que casi me hace temblar, y todos los demás en la sala se estremecen.

—Un oligodendroglioma de bajo grado tiene un porcentaje de supervivencia a cinco años de alrededor del setenta por ciento —dice Kressler tras un momento de tensión—. Para un oligodendroglioma de alto grado, es del treinta por ciento.

Así que tengo dos probabilidades entre tres o una entre tres de cumplir los treinta. Y pensar que hace unas horas mi mayor preocupación era la falta de vitaminas prenatales...

No sé si reír o llorar ante un destino que parece decidido a joderme.

—Supongo que entonces no estoy embarazada — digo, bastante tonta. ¿Cómo voy a estarlo? Todos los síntomas que atribuía a un embarazo prematuro se deben a algo mucho más maligno que el bebé de Alexei.

Me dirijo a Kressler, pero es una voz femenina la que responde en un inglés con acento ruso:

—En realidad, Alina Vladimirovna... —el tono de Bureva sigue siendo frío y distante, incluso cuando su mirada se llena de compasión—, sí lo está. Aunque es demasiado pronto para que la hCG sea detectable en la orina, un análisis de sangre es mucho más sensible. Sus niveles de hCG siguen siendo bastante bajos, pero se encuentran dentro del intervalo que indica un embarazo en desarrollo. Si la estimación del inicio de su último periodo es correcta, está usted de unas tres semanas.

CAPÍTULO 29

ALEXEI

Cuando tenía siete años, me caí en el sótano de una vieja cabaña en el retiro de verano de mi padre en los montes Urales. Pasé allí dos noches con un brazo roto y un tobillo torcido, notando cómo las arañas y las ratas me pasaban por encima, convencido de que me comerían vivo antes de encontrarme.

Hasta hoy, eso era lo más aterrorizado que había estado jamás. Y la mayor rabia que había sentido.

—Repita eso. —Incluso a mis oídos, mis palabras suenan como el gruñido de un lobo rabioso—. Lo del porcentaje de supervivencia.

—Señor Leonov... —A Kressler le tiembla un poco la voz—. Comprendo que esté disgustado. No me gusta ser portador de malas noticias, créame, y además cada caso es particular. Por ejemplo, la edad influye, y su mujer es bastante joven. Además, la localización en el

227

lóbulo frontal es un factor de pronóstico clínico favorable. Así que en realidad…

—¿Estoy de tres semanas? —interrumpe Alina con incredulidad, mirando fijamente a Bureva. Me quita el brazo de encima y se levanta de un salto—. ¿Cómo es posible si solo llevo aquí una semana?

¿Eso es lo que le preocupa? Me entran ganas de agarrarla y zarandearla. O mejor aún, llevármela a algún lugar donde pueda mantenerla a salvo. Pero no hay ningún lugar seguro. El peligro está en ella, dentro de ella.

Está en su cabeza.

Quiero aullar como el lobo que decía antes. Quiero matar a todos los putos médicos de este barco. En realidad, no. Quiero matar a todos los médicos que la trataron durante toda su vida y no se lo detectaron. Porque tenía que llevar ahí un tiempo dados sus continuos dolores de cabeza, ¿no?

«Y está embarazada».

Me vuelve a invadir el terror.

Está enferma y embarazada.

—La duración del embarazo se cuenta a partir de la fecha de la última menstruación —responde Bureva; ese tonito académico y científico me exaspera—. Así que en el momento de la ovulación, ya se considera que está embarazada de dos semanas, y cuando tenga la falta, llevará ya unas cuatro semanas.

¿A quién coño le importa cómo cuentan la duración del embarazo? Quiero saber qué van a hacer para salvar la vida de Alina.

«Y la del bebé».

No, no puedo pensar en eso.

Me pongo en pie y avanzo hacia Kressler.

—¿Cuáles son los siguientes pasos? ¿Tiene que hacer más pruebas?

Palidece cuando me detengo frente a él, pero se recupera rápidamente.

—Sí, desde luego. Las máquinas que hemos traído no son tan avanzadas como las que tenemos en la clínica. También tenemos que programar la operación de su mujer lo antes posible, para saber mejor a qué nos enfrentamos. —Lanza una mirada nerviosa a Alina antes de volver a centrar su atención en mí—. Será una cirugía cerebral que le practicaremos despierta. Despertaremos a su esposa de la anestesia cuando le hayamos abierto el cráneo. Interactuaremos con ella mientras realizamos la operación, para asegurarnos de no cortar ningún tejido sano.

Van a abrirle el cráneo.

Y cortarle el cerebro sin anestesia.

¿Me lo está diciendo en serio?

Kressler retrocede prudentemente.

—Haremos todo lo posible para que la paciente esté cómoda durante el procedimiento. El cerebro no tiene receptores del dolor, así que no es tan malo como parece. Nuestro mejor neurocirujano realizará la operación, y tiene un excelente historial de preservación de tejidos cerebrales sanos.

Aprieto los puños.

—A la mierda el historial de ese tipo. Como le dañe aunque sea un pelo…

—¿Y el bebé? —interrumpe Alina, mirando a Bureva—. Cirugía, anestesia… No creo que eso sea bueno para él o ella, ¿no?

Joder. Supongo que no hay más remedio que pensar en eso.

Bureva asiente, seria.

—Tiene razón, Alina Vladimirovna. El tratamiento descrito por el doctor Kressler es incompatible con el embarazo. De hecho… —Toma aire—. Si acaba necesitando quimioterapia y radioterapia, puede que deba congelar los óvulos si tiene la oportunidad. De lo contrario, es posible que no pueda tener hijos nunca más.

Y mientras Alina trastabilla un poco por este nuevo golpe, trato de no pensar en mi propio terror y dolor, y la atraigo hacia mí para abrazarla.

Capítulo 30

Alina

O estoy en estado de *shock* y no puedo procesar los acontecimientos, o todo sucede en un abrir y cerrar de ojos. Alexei me lleva de vuelta al submarino, Ruslan nos acompaña mientras va lanzando órdenes a Larson y Vika, que se quedan en el yate. Los médicos nos siguen como un comité de buitres, y en cuanto la escotilla se cierra sobre nosotros, los motores de la enorme nave submarina zumban y se me revuelve el estómago al notar un movimiento descendente.

Es una sensación extraña, saber que estamos descendiendo a las profundidades del océano mientras estoy en brazos de Alexei, que me lleva por el pasillo. Es como si fuera Poseidón arrastrándome a las profundidades. O Hades arrastrándome al inframundo. En cualquier caso, estoy más que contenta de no ser claustrofóbica.

En otras circunstancias, me fascinaría nuestro

231

medio de transporte: *Veinte mil leguas de viaje submarino*, de Julio Verne, era uno de mis libros favoritos de la infancia. Ahora mismo, sin embargo, no pienso en la maravilla de la ingeniería que es el submarino, ni en las increíbles criaturas de aguas profundas que podrían estar nadando a nuestro alrededor. En lugar de eso, mis pensamientos son un revoltijo caótico en el que mi cerebro, al parecer plagado de tumores, repasa obsesivamente las palabras de los médicos.

Quimioterapia, radiación... porcentaje de supervivencia del treinta por ciento.

Incompatible con un embarazo sano.

Puede que no pueda tener hijos, nunca.

Aprieto los ojos y entierro el rostro en el cuello de Alexei. Es cálido y sólido, lo único que parece real en un mundo que de repente se ha vuelto del revés. Su aroma familiar —bosque de invierno, océano y cuero— me tranquiliza, incluso cuando el pánico y el temor amenazan con sofocarme.

Hemos llegado a nuestro destino demasiado pronto: un camarote sin ventanas amueblado con una cama de tamaño decente, que es donde Alexei me deposita suavemente antes de sentarse al borde del colchón.

Bajo su bronceado, su piel es pálida, tiene un rictus serio mientras me agarra la mano.

—Aún no es seguro —dice con pasión—. Todo esto son suposiciones. Ya has oído a Kressler: tienen que hacerle más pruebas. Quizá no sea nada. Tal vez las máquinas de aquí estén defectuosas.

—No te lo crees de verdad —digo, cerrando los ojos.

Estoy agotadísima. Lo único que quiero es dormir. Quizá me despierte y descubra que todo esto ha sido una terrible pesadilla. Al menos, si duermo, no tendré que pensar en lo que el diagnóstico significa para mí y para la pequeña vida que crece en mi interior.

«O para Alexei, cuya obsesión de una década le ha endilgado una esposa defectuosa y moribunda».

No, no puedo soportar pensar en nada de eso ahora mismo.

Me entrego al cansancio y me sumerjo en un sueño pesado y agitado.

CUANDO ME DESPIERTO, YA NO ESTAMOS EN EL submarino. No sé dónde estamos, pero me duele la cabeza y tengo náuseas, así que, en cuanto abro los ojos, me dirijo hacia una puerta que espero que lleve a un cuarto de baño. Tengo suerte: es un cuarto de baño pequeño y, después de vomitar, me lavo la cara, me cepillo los dientes y me aseo lo mejor que puedo sin mi habitual arsenal de maquillaje. Tampoco llevo mi ropa de siempre, sino una camiseta negra y grande, probablemente de Alexei, viendo que me llega casi a las rodillas.

Supongo que abastecer adecuadamente este lugar, sea lo que sea, no era una prioridad para mi marido.

Tal vez sea el color negro de la camisa, pero en el

pequeño espejo que hay sobre el lavabo me veo el rostro pálido y de expresión atormentada. Sin mi habitual delineador oscuro y pintalabios rojo, parezco una copia descolorida de mí misma. Tampoco es que importe, la verdad: pronto tendré un aspecto muchísimo peor.

Sofoco ese pensamiento antes de que pueda ahogarme en un oscuro manto de desesperación, vuelvo a la habitación y hago balance de dónde estoy.

Las ventanas circulares con nubes blancas y esponjosas debajo y el rugido constante de los potentes motores me dan la pista de que estoy en un avión, o más concretamente, en un lujoso jet privado con un dormitorio y un pequeño cuarto de baño adjunto.

También estoy sola, algo que no me sorprende lo más mínimo.

La luna de miel ha terminado definitivamente, y puede que el matrimonio también.

Me duele el estómago y vuelvo a sentir náuseas.

Basta, me digo. Eso no me importa. Si Alexei ya no me quiere, eso solo puede ser algo bueno. No puedo estar triste por la consecuencia del diagnóstico. Todo lo demás, sin embargo... Me pongo una mano en el vientre.

El bebé.

La peque no sobrevivirá si sigo adelante con el tratamiento.

Puede que no sobreviva a pesar de todo.

No sé por qué he decidido que es una niña, pero estoy convencida.

Tengo una hija que no llegará a nacer.

Siento el pecho como si un coche me hubiera pasado por encima, y unas lágrimas ácidas me escuecen en los ojos. No quería este bebé, pero ahora que está aquí, ahora que hay pruebas de su existencia en mi sangre, no puedo imaginarme no tenerlo. Por el momento, solo son unas pocas células que se dividen rápidamente, pero ya la veo cómo podría ser: una recién nacida chiquitita que se mueve, con la carita roja y los ojos oscuros de Alexei... una niña que ríe a carcajadas, con mejillas redondas y propensa a meterse en líos.

La veo con tanta claridad que duele.

Un ruido me hace levantar la cabeza.

Es la otra puerta de la habitación. Se abre y entra Alexei.

—Aterrizaremos en Ginebra dentro de unas horas —dice, y por primera vez desde que le conozco, parece y habla cansado, con los ojos oscuros enmarcados por sombras y la afilada mandíbula cubierta de una barba incipiente.

¿No ha descansado en todo este tiempo?

De repente, siento el impulso de posar la palma de la mano en su mejilla y decirle que todo irá bien, que todo saldrá bien. En cambio, cuando se acerca, me seco las lágrimas de los ojos y me siento en la cama, preparándome para lo que va a decir.

Como los aviones son mucho más fáciles de rastrear que los barcos, está claro que alejarme de mis hermanos ya no es una prioridad. De hecho, lo más probable es que me devuelva con ellos antes de que las cosas se pongan feas de verdad.

Efectivamente, se sienta en la cama, frente a mí, y me dice:

—He avisado a tus hermanos sobre los últimos acontecimientos.

De cerca, su rostro está aún más cansado, casi demacrado... y, de algún modo, aún más magnético. Me muero de ganas de acercarme a él y rogarle que se quede conmigo; un deseo totalmente ilógico, dado que lo único que siempre he querido es librarme de él.

—También he programado las pruebas de seguimiento y la cirugía —prosigue—. El equipo de neurocirugía de Kressler ya está a la espera, así que iremos directos a la clínica en cuanto aterricemos.

Cada palabra que dice es como el mencionado coche dando marcha atrás y pasando repetidamente por encima de mi cuerpo.

—Sobre eso... —Trago saliva con fuerza y se me retuercen las entrañas ante lo que estoy a punto de decir—: No estoy segura de querer seguir adelante con la operación o el tratamiento. No con esto. —Me acaricio el estómago con la mano, como si así pudiera proteger la frágil vida que hay dentro.

Alexei abre los ojos de par en par y luego los entrecierra con un aire peligroso.

—¿De qué coño estás hablando? Harás lo que sea para ponerte mejor.

—Esa es *mi* decisión.

—Y una mierda —me suelta entre dientes—. Vas a operarte y recibirás el tratamiento pertinente. No pienso dejar que te mueras, joder.

Le fulmino con la mirada, y mi desesperación se transforma en una rabia amarga.

—¿Y a ti qué te importa? Me entregarás a mis hermanos y seguirás con tu vida. Soy yo quien...

—¿Tus hermanos? —Hincha las fosas nasales—. ¿Quién ha dicho nada de entregarte a ellos? Eres mi esposa. —Me agarra la mano con tanta fuerza que me duele—. Eres *mía*.

Suelto una risa amarga.

—Sí, claro. Tuya hasta que se me caiga el pelo por la quimio y empiece a vomitar sin parar, ¿no? ¿O tuya hasta que se confirme oficialmente que soy infértil? —Se estremece y yo insisto, perversamente triunfante—. No has pensado en eso, ¿verdad? A menos que esta operación me cure milagrosamente —y el médico ya ha dicho que no será así—, me van a dar quimio y radio, me llenarán de veneno. Aunque sobreviva, nunca seré la misma. Mi salud, mi aspecto, mi capacidad para tener hijos... todo habrá desaparecido. Como mucho, seré una sombra de lo que fui, viviendo de escáner en escáner, siempre a la espera de que vuelva el cáncer. —Le arranco la mano de un tirón y me pongo en pie, con los ojos llenos de lágrimas de nuevo. Le digo con voz entrecortada—: Has elegido a la mujer equivocada para acosarla durante una década, Alexei Leonov. Podrías reconocer tu error y dejarme con mi familia, donde podré vivir el resto de mi vida como me plazca. ¿Quién sabe? Si el tumor no me mata en los próximos nueve meses, quizá acabes con una criatura, por lo menos.

CAPÍTULO 31

ALEXEI

Se dirige hacia la puerta, después de haberme tirado la granada a la cara... y yo estallo. Me vuelvo loco. Las últimas dieciocho horas han sido las peores de mi vida, y eso que he vivido momentos de auténtica mierda en mi vida. Desde nuestra conversación con los médicos, no he tenido ni un momento para comer o beber. Joder, ni siquiera recuerdo haber meado. Entre investigar el estado de Alina, hacer los preparativos para la operación y volar a Europa desde el medio del puto Pacífico, he estado demasiado ocupado para pensar en el terror y la rabia que me invadían por dentro.

Me abalanzo sobre ella antes de que pueda dar dos pasos. La agarro del brazo y hago que se gire para que me mire.

—Eres mía —le digo con el gruñido de un animal herido y trastornado—. Para bien o para mal, hasta que la muerte nos separe, ¿recuerdas? Me importa una

239

mierda si pierdes todo el pelo o si vomitas sin parar, no pienso dejarte marchar. Y puedes estar segura de que no permitiré que esta cosa se te lleve. Te someterás a la operación, a la radiación, a la quimioterapia y a todos los tratamientos que nos ofrezcan, sean probados o experimentales, ¡y vas a vivir, joder! Por mí, aunque no sea por ti, ¿me oyes? Vas a sobrevivir a esto aunque tenga que ingresarte en la puta clínica y llenarte yo mismo de veneno.

No sé cómo ni cuándo mis manos han llegado a sus hombros, pero están ahí y la zarandeo mientras me mira fijamente, con sus ojos de jade muy abiertos y dolorosamente brillantes. La zarandeo y luego la beso, y toda la confusión que hay en mi interior se funde en una violenta oleada de lujuria. Ella es lo único que he querido y deseado en la vida, y saber que podría perderla le da un toque desquiciado a mi perpetuo deseo por ella, a mis ganas abrumadoras de poseerla y protegerla. Solo que no puedo hacer esto último; no puedo protegerla, no en este caso. Lo único que puedo hacer es demostrarle con mi cuerpo que lo que digo va en serio, que es mía y que no me iré, por muy mal que se pongan las cosas.

Y se pondrán mal, lo sé. Sé mucho más que ella porque he pasado horas leyendo sobre los distintos tipos de gliomas, hablando con Kressler y sus colegas, obteniendo segundas, terceras, cuartas y quintas opiniones sobre las exploraciones realizadas hasta ahora, y todo apunta a que le espera una dura batalla. Pero al final saldrá victoriosa. Me aseguraré de ello. Y estoy completamente seguro de que no la dejaré luchar sola. O peor, que se rinda.

Noto sus lágrimas mientras profundizo el beso. La sal se mezcla con el sabor a menta de su dentífrico y la tierna dulzura de sus labios, recordándome otras veces que la he hecho llorar. Pero esta vez es distinta. Ya no es un juego entre nosotros. Hay demasiado en riesgo, y saberlo me estimula, me llena de una desesperación que se suma a mis ganas desenfrenadas.

Separo los labios de los suyos, le doy la vuelta entre mis brazos y hundo los dientes en el tendón de la base de su cuello. Jadea y se arquea contra mí, sus manos vuelan hacia arriba para agarrarme el pelo mientras aprieto el dobladillo de su camiseta con el puño y se la subo hasta la cintura. Debería ser gentil y cuidadoso con su frágil estado, pero un animal salvaje parece haberse apoderado de mí y no puedo contener el gruñido que se me escapa mientras lamo el punto que acabo de morder, luego la empujo hacia la cama y la inclino sobre el borde, dejando al descubierto los pálidos y deliciosamente redondos orbes de sus nalgas y la rosada y reluciente hendidura de su coño.

Estoy temblando de lujuria, estremeciéndome del hambre voraz por ella mientras me abro la cremallera y me saco la polla, y luego hundo dos dedos en su abertura, estirando su tierna piel y su carne, preparándola para lo que está por venir. Ya está mojada, gracias a Dios; su coño es resbaladizo y caliente, sus paredes internas me aprietan los dedos. Si no lo hiciera, no sé qué sería de mí, porque no puedo contenerme más. La deseo con una intensidad que destruye cualquier ilusión de autocontrol y anula cualquier intento de ser suave.

Saco los dedos, alineo mi dolorida polla contra sus pliegues y empujo, hundiéndola profundamente de una fuerte embestida. Ella grita y el sonido queda amortiguado por la manta, mientras le agarro los codos, uno con cada mano, obligándola a arquear la parte baja de la espalda y a sacar más el culo hacia atrás, lo que permite una penetración más profunda. Vuelve a gritar cuando la saco y se la vuelvo a meter.

Su carne es suave como la seda, húmeda y tersa, tan rematadamente caliente que ya estoy a punto de correrme. Se me nubla la visión hasta convertirse en un túnel mientras la penetro una y otra vez; cada embestida me lleva más adentro, me arrastra más al límite. Sus gritos aumentan de volumen, mezclados con gemidos y gruñidos femeninos, y su coño me aprieta la polla, ordeñándola a un ritmo inconfundible. Joder, joder, joder... Echo la cabeza hacia atrás con un rugido cuando su orgasmo desencadena el mío, y exploto dentro de ella, haciendo chocar mi entrepierna contra su culo mientras un violento éxtasis recorre mi cuerpo e inunda mi cerebro de un placer incandescente.

Durante unos instantes cálidos y felices, me olvido de todo lo que nos ha traído hasta aquí. Simplemente, me deleito en la sensación de mis pulmones al respirar hondo, en el olor a sexo y a ella, en la sensación de su carne cálida y resbaladiza apretándome la polla, ahora cada vez más blanda. Entonces la realidad se entromete de sopetón y me doy cuenta de que le estoy hincando los dedos en las caderas con demasiada fuerza... de que me la he follado sin condón, aunque esto último ya no importe.

Ya está embarazada.

Tiene cáncer y está embarazada.

Y acabo de tomarla como una bestia voraz.

Aprieto los dientes y tengo que obligarme a soltarla. El éxtasis se ha desvanecido y me ha dejado un nudo de dolor dentro del pecho.

—Alinyonok...—digo con una voz ronca y algo temblorosa cuando vuelvo a agarrarla y la giro con cuidado para dejarla bocarriba sobre el colchón. Quiero mirarla a los ojos, pero los tiene cerrados. Sin embargo, veo las marcas de las lágrimas en sus mejillas y, por primera vez, me siento como el monstruo que me acusa de ser.

¿Le he hecho daño? Si es así, ¿cuánto?

Antes de que pueda pedirle perdón, abre los ojos y me mira. Las lágrimas empañan el jade oscuro de sus iris, pero es el dolor que revelan sus ojos lo que hace que se me forme un cúmulo de hielo en la garganta. Sus labios, de un suave y desnudo rosa enrojecido por mis besos, tiemblan mientras susurra:

—¿Y el bebé? Alexei... —Se le entrecorta la voz—. ¿Y nuestra niña? Morirá si hacemos esto. Nunca nacerá.

Mierda. Ahora soy yo quien cierra los ojos.

«Nuestra niña». Alina cree que vamos a tener una

niña y hay un cincuenta por ciento de posibilidades de que tenga razón.

He intentado por todos los medios no pensar en el embarazo en términos de un bebé real, de carne y hueso. Ni siquiera he hablado de ello con los neurocirujanos a los que he consultado, porque ¿qué sentido tendría? Todos me han dicho que cuanto antes empiece el tratamiento, mayores serán las probabilidades de que sobreviva Alina. El pequeño embrión que se está formando en su interior ni siquiera se tiene en cuenta. No si la vida de Alina está en juego. Solo hay un camino: interrumpir el embarazo lo antes posible y seguir adelante. Solo que... ella cree que es una niña.

Abro los ojos y me encuentro con la mirada de Alina. Una gruesa lágrima se aferra a sus pestañas inferiores mientras me mira fijamente, y siento como si mil hojas dentadas me estuvieran rajando el corazón, una a una. Esto es con lo que yo había contado con tanta frialdad cuando me la llevé: que cuando hubiera un bebé, ella lo amaría. Que se sentiría unida a él y, por tanto, a mí. No creí que fuera a ocurrir en esta fase embrionaria, pero me habría alegrado de que fuera así.

«Nuestra niña».

Las cuchillas me cortan más rápido, más fuerte.

—Alinyonok... —Mi voz es tan desgarradora como la mirada en sus ojos—. No puedo perderte. —Le tomo el rostro y presiono la frente contra la suya—. Necesito que luches. Y yo estaré a tu lado cuando lo hagas. Lucharemos juntos.

Noto las bocanadas de su aliento en la parte inferior de mi cara. Se suceden a un ritmo rápido e inestable y se quedan prendidas de su garganta, entrecortadas, a cada tanto. Entonces, se estremece y le sale un sollozo de la boca mientras me abraza el cuello, me hunde la cara en la garganta y se echa a llorar.

Llora en mis brazos durante la siguiente hora y lo único que puedo hacer es abrazarla.

Siempre la abrazaré, pase lo que pase.

Anticipo

¡Gracias por leer esta historia! Si quieres dejar una reseña, te lo agradeceré enormemente. La historia de Alina y Alexei continúa en *Destino encadenado*.

¿Quieres que te avise de mis novedades? Inscríbete en mi lista de correo electrónico en www.annazaires.com/book-series/espanol.

Y ahora, por favor, pasa la página para leer unos fragmentos de *Mi Tormento* y *Noches Blancas*.

Extracto de Mi Tormento de
Anna Zaires

Vino a mí una noche, era un extraño cruel y muy atractivo de los confines más peligrosos de Rusia. Me atormentó y me destruyó; puso mi mundo patas arriba en su búsqueda de venganza.

Ahora ha vuelto, pero ya no persigue mis secretos.

El hombre que protagoniza mis pesadillas me quiere a *mí*.

————

Con la cara blanca como el papel, Sara se tambalea y yo la sujeto por el otro brazo para estabilizarla. Sabe a la perfección quién soy. Me ha reconocido.

—No grites —le advierto—. No vengo a hacerte daño.

Tiene los ojos color avellana desorbitados y me doy

cuenta de que no está procesando lo que le digo. Todo lo que ve es una amenaza de muerte y está reaccionando en consecuencia. En unos segundos, va a desmayarse o ponerse histérica y ninguna de las dos opciones es buena.

—Sara —digo con voz firme—. No quiero hacerle daño a nadie, pero lo haré si hace falta. ¿Lo entiendes? Si haces algo para llamar la atención, morirá gente.

El terror instintivo en su mirada disminuye ligeramente, reemplazado por un miedo más racional, pero no menos intenso. Comienza a entenderme.

Que no me esté marcando un farol ayuda.

—¿Qué quieres? —Incluso pintados con una capa de brillo, noto que tiene los labios temblorosos y pálidos —. ¿Por qué estás aquí?

—Quería verte —le respondo, tirando de ella mientras me muevo entre la multitud, alejándome de las cámaras colocadas alrededor de la barra. Siento lo tensos que tiene los brazos, la piel helada al roce, pero, como esperaba, no grita.

Por lo que sé de ella, la doctora preferiría morir antes que poner en peligro a un montón de extraños.

—Baila conmigo —le repito cuando la tengo justo dónde quiero, cerca de una pared en una zona apenas iluminada de la pista de baile, donde las otras personas nos sirven como barrera humana. Para que le sea más fácil aceptar mi petición, le suelto los brazos y la sujeto por la cintura, teniendo cuidado de agarrarla con suavidad.

Tiene el cuerpo tan rígido como un bloque de hielo

mientras la mantengo cerca; sin embargo, para cualquier observador, parecemos una pareja más balanceándose al ritmo de la música. La ilusión se intensifica cuando Sara alza las manos y las coloca sobre mi pecho. Trata de empujarme, pero está tan conmocionada que apenas invierte energía en ello. Tampoco lo lograría aunque utilizara todas sus fuerzas.

Puedo someter a la mayoría de los hombres con un mínimo esfuerzo, no digamos a una mujer tan pequeña como ella.

—No tengas miedo —murmuro sosteniéndole la mirada. Incluso en una pista de baile abarrotada, puedo apreciar su aroma sutil y floral. Mi cuerpo reacciona a su cercanía, se me endurece la polla al notar su cintura esbelta entre las manos. Quiero acercarla aún más, sentir ese cuerpo contra el mío, pero me obligo a mantener una distancia mínima. Mi necesidad de ella es tan intensa que podría aterrorizarla y eso es lo último que quiero. Con esa mirada, Sara parece un animalillo en una trapa, lleno de miedo y desesperación. Tengo ganas de alzarla y abrazarla contra el pecho, pero eso solo conseguiría asustarla más. A estas alturas, cualquier cosa que haga la va a aterrorizar. Podría invitarla a un karaoke y le daría un ataque de pánico.

—¿Qué quieres de mí? —Tiene la respiración agitada y superficial mientras me mira fijamente—. No sé nada…

—Lo sé —la interrumpo con delicadeza—. No te preocupes, Sara. Eso se acabó.

La confusión sustituye parte del miedo en sus ojos.

—Entonces, ¿por qué…?

—¿Por qué he venido?

Asiente con desconfianza.

—No estoy del todo seguro —le digo, siendo con total sinceridad.

Durante los últimos cinco años y medio, la venganza ha marcado mi vida. Todo lo que he hecho ha sido con ese fin, pero ahora que he tachado casi todos los nombres de la lista, el futuro que me espera se me presenta aburrido y vacío, un camino cubierto por una niebla desoladora. En cuanto elimine al último responsable de la muerte de mi familia, no tendré ningún propósito en la vida. La razón de mi existencia habrá desaparecido del todo.

O eso creía hasta que la encontré y vi el dolor en esos ojos de cervatillo. Ahora ella consume mis noches y llena mis días. Cuando pienso en Sara, no veo el cuerpo desgarrado de mi hijo ni la cara ensangrentada de Tamila.

Solo la veo a ella.

—¿Vas a matarme?

Está intentando hablar con voz firme, sin conseguirlo. Aun así, admiro su intento de mantener la compostura. La he abordado en público para que se sienta más segura, pero no es tonta. Si le han contado algo sobre mi pasado, debe saber que podría romperle el cuello antes de que tenga tiempo de gritar pidiendo ayuda.

—No —respondo y me acerco cuando ponen la siguiente canción aún más alta—. No voy a matarte.

—¿Qué quieres de mí, entonces?

Está temblando entre mis brazos y algo en ese gesto me intriga y me inquieta a la vez. No quiero que me tenga miedo, pero, al mismo tiempo, me gusta tenerla a mi merced. Su miedo despierta al depredador que hay en mi interior, convirtiendo mi deseo por ella en algo mucho más oscuro.

Ella es la presa, suave, dulce y mía, hecha para que la devore.

Agachando la cabeza, hundo la nariz en su pelo fragante y le susurro al oído:

—Reúnete conmigo mañana a mediodía en el Starbucks que hay cerca de tu casa y hablaremos. Te diré todo lo que quieras saber.

Me aparto y ella se queda mirándome con esos ojos enormes en su rostro en forma de corazón. Sé lo que está pensando, así que me inclino de nuevo, agachando la cabeza, para que la boca me quede junto a su oreja.

—Si hablas con el FBI, intentarán esconderte de mí, igual que intentaron esconder a tu marido o a las demás personas de la lista. Te arrebatarán tu vida, te alejarán de tus padres y de tu trabajo, y todo será en vano. Te encontraré, no importa dónde vayas, Sara... no importa lo que hagan para mantenerte lejos de mí. —Le rozo el lóbulo de la oreja con los labios y escucho cómo se le corta la respiración—. También podrían usarte como cebo. Si ese es el caso... si me tienden una trampa, me enteraré y nuestro próximo encuentro no será para tomar café.

Se estremece y yo respiro hondo, inhalando por última vez el aroma sutil que desprende, antes de soltarla.

Me alejo mezclándome entre la gente y le envío un mensaje a Anton para que sitúe al equipo en posición.

Tengo que asegurarme de que llega a casa sana y salva. Yo soy el único que puede acosarla.

————

Mi Tormento ya está disponible. Para saber más, visita www.annazaires.com/book-series/espanol/.

Extracto de Noches Blancas de Anna Zaires y Charmaine Pauls

Poder. Eso fue lo que me vino a la mente al verle por primera vez, al otro lado de la sala de urgencias. Poder y peligro.

Alex Volkov, uno de los oligarcas rusos más ricos, es un hombre tan magnético como despiadado. Siempre consigue lo que desea, y lo que ahora desea es a mí, metida en su cama.

Es el tipo de peligro del que toda mujer debiera salir corriendo. La bala que su guardaespaldas ha recibido por él lo demuestra.

Debería mantenerme alejada pero, solo por una noche, cedo a la tentación. Antes de darme cuenta, él me está arrastrando más y más a su mundo de excesos y violencia e invadiendo no solo mi vida, sino también mi corazón.

¿Hasta qué punto puedo depositar mi confianza en un hombre tan peligroso? ¿Hasta dónde me atrevo a arriesgar por su amor?

———

Me giro desde el lavabo, echo un vistazo a dónde estaba el herido... y me encuentro con un par de ojos de color azul acerado clavados en mí.

Es uno de los hombres que estaba junto a la víctima, probablemente uno de sus parientes. En general no está permitido que los acompañantes entren en el hospital por la noche, pero Urgencias es la excepción a esa regla.

En vez de apartar la mirada, como haría la mayoría de la gente cuando les pillas mirándote, el hombre continúa repasándome.

Intrigada y a la vez un poco molesta, yo hago lo mismo con él.

Es alto, bastante más de uno ochenta, y de hombros anchos. No es guapo a la manera tradicional. Guapo sería un término demasiado endeble para describirle. Más bien rezuma magnetismo.

Poder. Eso es lo que me viene a la mente al mirarle. Está presente en la inclinación arrogante de su cabeza, en la forma en que me mira, con calma, totalmente seguro de sí mismo y de su habilidad de controlar todo lo que le rodea. No sé quién es ni a qué se dedica, pero dudo que se trate de algún chupatintas en una oficina cualquiera. Este hombre está acostumbrado a dar órdenes y a que las obedezcan.

La ropa le sienta bien y parece ser cara. Tal vez hasta esté hecha a medida. Viste una gabardina gris, pantalones gris oscuro con una sutil rayita, y unos zapatos italianos de piel. Lleva el pelo castaño oscuro muy corto, casi al estilo militar. Ese corte sencillo combina bien con su rostro, marcado por unas facciones duras y simétricas. Tiene los pómulos altos y una nariz afilada con una ligera protuberancia, como si se la hubiese roto en el pasado.

No tengo ni idea de la edad que tendrá. Su cara no tiene arrugas, pero no hay nada de juvenil en ella. Ni un atisbo de suavidad, ni siquiera en la curva de sus labios. Le calculo unos treintaitantos, pero lo mismo podría tener veinticinco que cuarenta.

No se remueve ni parece sentirse incómodo mientras prosigue nuestro concurso de miradas. Solo se queda allí en silencio, totalmente inmóvil, con su mirada azul clavada en mí.

Para mi conmoción, mi corazón late más deprisa y un cosquilleo ardiente me recorre la espina dorsal. Es como si la temperatura de la sala hubiese subido diez grados de golpe. De repente, el ambiente se carga de contenido sexual, haciendo que sea consciente de mi condición femenina de una forma que nunca antes había experimentado. Puedo sentir el tejido sedoso de mi conjunto de ropa interior acariciándome entre las piernas y rozándome los pechos. Todo mi cuerpo parece acalorado y sensible y mis pezones se tornan guijarros por debajo de todas las capas de mi ropa.

Hostia puta. Así que esto es lo que se siente al sentirse atraído por alguien. No es racional, ni lógico. No hay ningún encuentro de corazones y mentes implicado. No, es un instinto básico y primitivo. Mi cuerpo lo ha reconocido a algún nivel animal, y quiere copular.

Él también lo nota. Es evidente en la forma en que sus ojos azules se oscurecen, con los párpados a media asta, y en la forma en que sus fosas nasales se dilatan como si trataran de captar mi olor. Sus dedos se crispan y luego se cierran formando puños, y yo sé de alguna manera que está intentando controlarse para evitar ir lanzarse sobre mí aquí y ahora.

Si estuviésemos solos, no me cabe duda de que ya lo tendría encima.

Todavía mirando al desconocido, retrocedo. La intensidad de mi respuesta a él es aterradora, inquietante. Estamos en medio del departamento de Urgencias, rodeados de gente, y en lo único en lo que soy capaz de pensar es en sexo ardiente, de ese que deja la cama enmarañada al final. No tengo ni idea de quién es él, ni de si está casado o soltero. Por lo que sé, o es un delincuente o un gilipollas. *O un cabrón infiel como Tony.* Si alguien me ha enseñado a pensármelo dos veces antes de confiar en un hombre, ese ha sido mi ex novio. No quiero volver a tener nada con nadie tan pronto después de mi última y desastrosa relación. No quiero volver a tener esa clase de complicaciones en mi vida.

Está claro que el alto desconocido tiene otras ideas al respecto.

Después de mi cautelosa retirada, él entorna los ojos, y su mirada se hace más afilada, más concentrada. Luego se acerca hacia mí, con unos pasos muy elegantes para un hombre tan grande. Hay algo en sus movimientos que me recuerda a los de una pantera, y por un instante, me siento como un ratón acechado por un enorme felino. Instintivamente, retrocedo otro paso más, y su severa boca se tensa con una mueca de disgusto.

Maldición, me estoy conduciendo como una cobarde.

Dejo de retroceder y me planto en mi sitio, muy derecha y exhibiendo toda mi altura de un metro setenta y tres. Siempre soy la tranquila y la capaz, y manejo situaciones de gran estrés sin problemas, pero ahora mismo me estoy comportando como una colegiala delante del objeto de su primer enamoramiento. Sí, este hombre me hace sentir incómoda, pero no hay nada que temer. ¿Qué es lo peor que podría hacer? ¿Pedirme una cita?

Sin embargo, me tiemblan un poco las manos cuando él se acerca y se detiene a menos de un metro de mí. A esta distancia, es más alto de lo que creía, varios centímetros más de uno ochenta. Yo no soy bajita, pero me siento diminuta allí frente a él. No es una sensación que me agrade.

—Eres muy buena en tu trabajo. —Tiene la voz grave y algo quebrada, con un ligero acento de Europa del Este. Solo escucharla hace que mis entrañas se estremezcan de una forma extrañamente placentera.

—Gracias —le digo, un poco titubeante. *Soy* buena en mi trabajo, pero no me esperaba un cumplido de este desconocido.

—Has cuidado bien de Igor. Gracias por eso.

Igor debe de ser el paciente con la herida de bala. Ese nombre suena a extranjero. ¿Ruso, tal vez? Eso explicaría el acento del desconocido. Aunque hable inglés con fluidez, no es un nativo.

—No hay de qué. —Estoy orgullosa de lo sereno que es mi tono. Con suerte, él no se dará cuenta de cómo me afecta—. Espero que se recupere enseguida. Si es algún pariente...

—Mi guardaespaldas.

¡Guau! Tenía razón. Este hombre es un pez gordo. ¿Querrá eso decir...?

—¿Le dispararon en el cumplimiento de su deber? —pregunto, conteniendo el aliento.

—Me ha salvado de un balazo destinado a mí, sí. —Su tono es despreocupado, pero capto una cierta rabia reprimida por debajo de esas palabras.

Me obligo a tragar saliva.

—¿Ya ha hablado con la policía?

—Les he hecho una breve declaración. Hablaré con ellos con más detalle una vez Igor se encuentre estable y recupere la conciencia.

Asiento, sin saber qué contestarle a eso. Al hombre

que tengo delante casi le han asesinado hoy. ¿Quién será? ¿Algún capo de la mafia? ¿Un político?

Si me quedaba alguna duda acerca de si era buena idea explorar esta extraña atracción entre nosotros, acaba de esfumarse. Este desconocido no me conviene, y tengo que mantenerme tan alejada de él como pueda.

—Le deseo a su guardaespaldas una pronta recuperación —digo en un tono falsamente alegre—. Si no surgen complicaciones, se pondrá bien.

—Gracias a ti.

Sonrío a medias al hombre y doy un paso hacia un lado, esperando poder pasar junto a él y dirigirme hacia mi siguiente paciente.

Él también se mueve, interponiéndose en mi camino.

—Soy Álex Volkov —se presenta con tono suave—. ¿Y tú eres?

Se me acelera el pulso. La intensidad masculina de su mirada me pone nerviosa. Esperando que capte la indirecta le respondo:

—Solo una enfermera que trabaja aquí.

Él no lo pilla, o finge no hacerlo.

—¿Cómo te llamas?

Es insistente, de verdad. Yo respiro hondo.

—Soy Katherine Morrell. Si me disculpa...

—Katherine —repite él, y su acento imprime de exotismo esas sílabas tan familiares. El rictus de su boca se suaviza un poco—. Katerina. Es un nombre bonito.

—Gracias. Tengo que irme, de verdad.

Me estoy poniendo cada vez más ansiosa por largarme. Es demasiado grande, demasiado intensamente masculino. Necesito espacio y poder respirar. Su cercanía es abrumadora, y me hace sentirme tensa y nerviosa.

—Tienes trabajo que hacer. Lo comprendo —dice él, con un gesto vagamente divertido.

Aun así, no se aparta de mi camino. En vez de eso, mientras yo lo miro en estado de shock, levanta una de sus manazas y me acaricia la mejilla con sus nudillos.

Me quedo de piedra y una súbita oleada de calor me recorre todo el cuerpo. Su caricia ha sido ligera, pero siento como si me hubiese dejado marca, agitada hasta lo más hondo.

—Me gustaría volver a verte, Katerina —dice con suavidad, apartando la mano—. ¿Cuándo termina tu turno de esta noche?

Me lo quedo mirando, con la sensación de estar perdiendo el control de la situación.

—No creo que esa sea una buena idea.

—¿Por qué no? —Sus ojos azules se entrecierran—. ¿Estás casada?

Estoy tentada a mentirle, pero al final gana mi honestidad.

—No, pero no estoy interesada en salir con nadie ahora mismo.

—¿Quién ha dicho nada de salir?

Yo pestañeo. —He asumido...

Él vuelve a levantar la mano y corta mi frase en

262

seco. Esta vez coge un mechón de mi pelo y lo frota entre sus dedos.

—Yo no salgo con nadie, Katerina —murmura él, con su voz cargada de acento y extrañamente hipnótica —. Pero me gustaría acostarme contigo. Y creo que a ti también.

———

Noches Blancas ya está disponible. Para saber más, visita www.annazaires.com/book-series/espanol/.

SOBRE LA AUTORA

Anna Zaires es una autora de novelas eróticas contemporáneas y de romance fantástico, cuyos libros han sido éxitos de ventas en el New York Times y el USA Today, y han llegado al primer puesto en las listas internacionales. Se enamoró de los libros a los cinco años, cuando su abuela la enseñó a leer. Poco después escribiría su primera historia. Desde entonces, vive parcialmente en un mundo de fantasía donde los únicos límites son los de su imaginación. Actualmente vive en Florida y está felizmente casada con Dima Zales —escritor de novelas fantásticas y de ciencia ficción—, con quien trabaja estrechamente en todas sus novelas.

Si quieres saber más, pásate por www.annazaires.com/book-series/espanol.

www.ingramcontent.com/pod-product-compliance
Lightning Source LLC
Chambersburg PA
CBHW010737130726
47899CB00015B/3318